CONCILIAR O MUNDO

CONCILIAR O MUNDO

A diplomacia na era global

Boris Biancheri

Tradução
DENISE AGOSTINETTI

Martins Fontes
São Paulo 2005

1ª edição
fevereiro de 2005

Tradução
DENISE AGOSTINETTI

Revisão da tradução
Silvana Cobucci Leite
Acompanhamento editorial
Luzia Aparecida dos Santos
Revisões gráficas
Helena Guimarães Bittencourt
Mauro de Barros
Dinarte Zorzanelli da Silva
Produção gráfica
Geraldo Alves
Paginação/Fotolitos
Studio 3 Desenvolvimento Editorial

Dados Internacionais de Catalogação na Publicação (CIP)
(Câmara Brasileira do Livro, SP, Brasil)

Biancheri, Boris
Conciliar o mundo : a diplomacia na era global / Boris Biancheri ; tradução Denise Agostinetti. – São Paulo : Martins Fontes, 2005. – (Coleção justiça e direito)

Título original: Accordare il mondo : la diplomazia nell'età globale.
Bibliografia.
ISBN 85-336-2083-7

1. Diplomacia 2. Globalização I. Título. II. Série.

04-8008 CDD-327.2

Índices para catálogo sistemático:
1. Diplomacia : Relações internacionais : Ciência política 327.2

Rua Conselheiro Ramalho, 330 01325-000 São Paulo SP Brasil
Tel. (11) 3241.3677 Fax (11) 3101.1042
e-mail: info@martinsfontes.com.br http://www.martinsfontes.com.br

Índice

Capítulo 1

As funções da diplomacia

Henry Kissinger disse certa vez que hoje os embaixadores já não têm serventia. A afirmação consta de um documento preliminar de uma pesquisa da Comissão das Relações Exteriores do Senado americano, e supõe-se que seja verdadeira. Não deixa, porém, de ser singular, porque, além de ter dirigido durante vários anos o Departamento de Estado, com todas as suas respectivas representações diplomáticas e consulares, sem lhes modificar as funções e a estrutura, Kissinger não ignorava que os cerca de 140 países que então formavam a comunidade internacional tinham todos, sem exceção, uma rede maior ou menor de embaixadas. E é difícil imaginar que esse aparato complexo e dispendioso fosse mantido apenas por hábito e sem necessidade real. Talvez Kissinger pensasse em algum chefe de missão particularmente inábil ou em algum flagrante mau funcionamento de uma ou outra embaixada, algo tão possível na época quanto hoje; ou então queria dizer que o papel das embaixadas está mudando e que certos aspectos da diplomacia clássica tornaram-se obsoletos: e, nesse caso, não estaria equivocado. Ao contrário, teria antecipado cerca de vinte anos um fenômeno que hoje é difícil negar.

Os embaixadores existem desde que os homens praticam o comércio, estabelecem alianças, combatem entre si e fazem a paz. Os chefes – sejam eles chefes de grupos, de tribos ou de nações –, por razões de prestígio e de segurança pessoal, preferem que negócios com estrangeiros e alianças ou matrimônios sejam tratados por seus encarregados, aos quais chamaram de núncios, mensageiros, legados ou, tomando emprestado do latim medieval a palavra *ambactiare*, ir em missão, embaixadores. E foi esse o nome que permaneceu.

Houve uma época em que se confiavam aos embaixadores missões a termo, ao final das quais a embaixada terminava. A principal qualidade do enviado era a atitude persuasiva, ou seja, como bem descreveu Tucídides, a arte da retórica. Mas eram igualmente importantes a autoridade e a dignidade da pessoa, a atitude do mensageiro de agradar e de suscitar respeito. Afinal, o sucesso de uma missão diplomática estava ligado, e ainda está, tanto à credibilidade do enviado quanto à do emitente, à sua força e à sua estabilidade. Quanto mais fraco e vacilante é o príncipe, mais difícil é para o embaixador alcançar o seu objetivo e maior o preço a ser oferecido em contrapartida. Mesmo hoje, num sistema de relações internacionais mais complexo e sofisticado, esse dado não mudou substancialmente, e com ele a diplomacia italiana desta metade do século, que obteve a sua legitimação de um poder executivo perpetuamente vacilante, deve sempre se confrontar.

Há provas da existência de tratados entre cidades-estado mesopotâmicas, entre reis egípcios e hititas e entre antigas tribos hebraicas; mas os primeiros testemunhos de um sistema de relações de certo modo organizado entre entidades nacionais diferentes provêm dos gregos. A criação das ligas entre as pólis, a Liga do Peloponeso, comandada por Esparta, a Liga de Delos, promovida por Atenas contra os persas, demandou uma atividade diplomática da qual a historiografia grega fez relatos admiráveis. Em torno do exercício dessa atividade criou-se um conjunto de regras de conduta, de procedimentos e de salvaguardas que constituíram o primeiro núcleo de um direito internacional embrionário. Os gregos também tiveram cônsules, ou próxenos, que eram cidadãos do Estado de residência a quem o Estado emitente confiava os próprios interesses, em geral comerciais, mais ou menos como fazemos hoje com os cônsules honorários ou com os agentes consulares.

Os romanos, apesar da sua longa supremacia política, não deixaram registros notáveis na diplomacia: Roma é famosa por seus administradores, generais e juristas, mas não por seus diplomatas. Na realidade, na visão romana do mundo, a segurança última do Estado e as suas relações com potências externas eram confiadas mais às armas que às palavras. Mas a concepção romana de regras de direito com círculos concêntricos – normas para os cidadãos, normas para cidadãos e estrangeiros e normas para os homens em geral – sugere a existência de princípios internacionais de conduta universalmente válidos, uma idéia que se consolidou nos séculos seguintes e que hoje é parte integrante da convivência internacional.

O nascimento da diplomacia moderna

A partir do século XIV, porém, a diplomacia conheceu um verdadeiro florescimento, a princípio em Bizâncio e, depois, na Europa, sobretudo na Itália. O Renascimento assistiu a tal desenvolvimento das ciências humanas e das artes liberais que não é de admirar que até mesmo a arte das relações interestatais tenha tido uma evolução profunda naquela época. As condições políticas da península, somadas ao talento dos homens, de fato favoreceram o fenômeno. Como sabemos, a Itália era dividida em muitos Estados soberanos, alguns dos quais, no século XV, em condições de paridade substancial entre si por força militar e consistência populacional: Veneza, Milão, Florença, os Estados Pontifícios e o Reino das Duas Sicílias eram todos bastante fortes para não serem dominados por um único adversário, mas não o suficiente para dominarem os outros. Ao perseguir a sua política de expansão territorial, ou talvez ao constituir uma defesa prévia ante as agressões alheias e garantir condições de equilíbrio ao seu redor, os Estados italianos estabeleciam efêmeras relações de aliança, primeiro entre si e, depois, com os grandes Estados nacionais formados além dos Alpes, com a França e com a Espanha em primeiro lugar. Posteriormente, os aliados externos foram chamados a intervir para dirimir os conflitos internos, e o convite foi aceito. Daí nascem o domínio estrangeiro na península, que durou três séculos. Nessa rede de relações, os príncipes italianos garantiram para si embaixadores de grande capacidade: Dante foi um deles, seguido de Maquiavel e Guicciardini. A partir de um certo momento, por volta da metade do século XV, para minimizar os desconfortos das viagens longas e freqüentes dos enviados e para garantir uma maior continuidade de relações em um sistema de equilíbrios políticos perenemente instável, as embaixadas extraordinárias foram substituídas por missões residentes. Um dos pressupostos dessa evolução foi atribuído ao alto grau de independência dos Estados italianos que, diferentemente dos principados alemães e de outros Estados europeus, não se consideravam submetidos a nenhuma autoridade superior, fosse ela laica ou religiosa. Com efeito, a primeira condição de uma política externa autônoma é a de uma soberania plena.

A primeira missão diplomática permanente foi – segundo se tem notícia – a iniciada por Francesco Sforza, duque de Milão, na República de Gênova em 1455. Mas um sistema diplomático organizado de certa forma semelhante ao dos Estados modernos surgiu em Veneza: os embaixadores eram designados para uma sede por cerca de três anos e, depois, eram transferidos para outra capital; eram acreditados com cartas formais e recebiam instruções detalhadas do seu governo sobre a missão que os aguardava e sobre o que se esperava deles; eram, por fim, obrigados a relatar periodicamente o que acontecia no país do acreditamento. Seus relatórios constituem ainda hoje fontes preciosas para o estudo dos acontecimentos políticos e para a história do costume. O modelo veneziano foi seguido por outros Estados italianos e, no final do século XV, grande parte deles possuía embaixadores residentes junto ao Papa e a outros grandes Estados da península: França e Espanha, com algum atraso, criaram uma diplomacia de profissionais seguindo o exemplo veneziano e, no final do século XVI, a prática estava amplamente difundida em toda a Europa.

A política dos príncipes italianos, como vimos, estava orientada para a eterna busca de novos e mais vantajosos equilíbrios, uma política – poder-se-ia dizer – com objetivos de curto prazo, pronta para tirar proveito de toda ocasião favorável. Até mesmo Veneza, que tivera interesses de longo prazo no Oriente, deixou-se envolver em uma política continental eminentemente tática e não menos particularista que a dos Estados vizinhos. O sistema diplomático dos Estados italianos era naturalmente funcional a esses objetivos e procurava suprir com a astúcia a ausência de uma força comparável à dos grandes Estados europeus. E, uma vez que a emergente burocracia diplomática européia teve como modelo original a italiana, e muitos diplomatas da península foram recrutados ao exterior por Francisco I, por Henrique VII e por outros príncipes transalpinos, a tradição de astúcia e de ambigüidade da diplomacia italiana identificou-se de certa forma com o próprio exercício da diplomacia.

Formou-se, assim, o pressuposto de um dos muitos preconceitos que a Reforma criou ao redor das coisas italianas, deixando vestígios que podem ser encontrados ainda hoje na opinião popular. A interpretação distorcida que a Inglaterra, a partir dos elisabetanos, deu a Maquiavel e a todas as suas várias adjetivações é um exemplo disso.

Com o nascimento de uma profissão diplomática organizada de modo mais ou menos homogêneo nas capitais da Europa, começa-se a distinguir entre política externa e ação diplomática. Uma coisa é a escolha entre as várias opções possíveis que se apresentam a um país nas suas relações internacionais, e outra coisa é a maneira como essa escolha é feita. A expressão "diplomacia", compreendida corretamente, aplica-se apenas a esta última situação, e o fato de hoje a palavra não raro ser usada como sinônimo de "política externa" não contribui para a clareza em uma matéria que nem sempre é conhecida perfeitamente pelas pessoas que a discutem. Até o final do século XIX, contudo, sucedeu – e pode-se dizer até que tenha sido a regra – que decisão política e execução técnica ficaram intimamente ligadas e em certo sentido confundidas: em 1626, Richelieu criou o primeiro Ministério do Exterior em sentido moderno, isto é, uma estrutura centralizada que comandava a rede de embaixadores e enviados atuante nas várias capitais, cujas rédeas ele próprio segurava firmemente. Richelieu identificava na necessidade de contrastar a hegemonia da dinastia dos Habsburgos na Europa o interesse primeiro e prioritário da França. O que havia de inovador na sua concepção era não apenas a determinação e a coerência com que esse objetivo foi perseguido com o auxílio de uma burocracia eficiente, mas o fato de que o interesse do Estado era considerado um valor em si, superior a outras considerações de ordem dinástica, ética ou religiosa. Nesse sentido, a visão de Richelieu e a razão de Estado que a resume podem ser consideradas realmente precursoras daquele que será o critério inspirador da política dos Estados europeus nos três séculos que se seguiram. Mas igualmente precursor foi o papel assumido pela diplomacia que, ao lado das intermináveis e insuportáveis rivalidades sobre a ordem das prioridades que caracterizaram a vida das missões diplomáticas até o Congresso de Viena, criou nas negociações que precederam a assinatura da Paz de Vestefália (1648), e que se prolongaram por quase quatro anos, o primeiro modelo das grandes conferências internacionais da história, não só pela sua complexidade, pela sua duração e pelo número de países participantes, mas porque as negociações foram conduzidas, em sua maior parte, em segredo e entre plenipotenciários, enquanto os príncipes, embora tivessem intervindo, fizeram-no de modo formal e essencialmente representativo.

A Paz de Vestefália marca o início do Estado-nação e do princípio do equilíbrio das forças na Europa. Marca também o início da diplomacia em sentido próprio. As funções da diplomacia não mudaram muito no arco de trezentos anos, e ainda hoje falamos de "diplomacia clássica" em alusão àquele modelo. Os embaixadores provinham quase exclusivamente de ambientes próximos ao soberano e, portanto, da aristocracia. Quando se reuniam, formavam uma classe homogênea, cosmopolita e, dentro de certos limites, intercambiável: com efeito, não era de todo incomum, ao menos até a metade do século XIX, que um diplomata passasse do serviço de um Estado para o de um outro. Mais que pelas suas funções (negociar, informar, representar e proteger os compatriotas: no fundo não muito diferentes das atuais), a diplomacia clássica caracterizava-se por se referir a uma fonte de autoridade única e claramente identificável. Quer a ação diplomática fosse dirigida pelo próprio soberano, como no caso de Luís XIV, quer por um homem de Estado, como Kaunitz, Talleyrand, Metternich, Cavour ou Bismarck, os fatores de origem interna sempre exerciam uma influência modesta sobre a formação das decisões de política internacional, confiadas em grande parte à intuição e ao bom senso do indivíduo e de seus colaboradores diretos. A estrela polar da diplomacia européia era o interesse do Estado, abstratamente representado; e o seu limite, a guerra, que, todavia, era um fenômeno sob controle político e, portanto, uma opção como outra qualquer, embora talvez a menos desejável. E, de fato, a despeito de um grande número de guerras, o sistema a serviço do qual a diplomacia européia atuou durante três séculos permaneceu – com a evidente exceção da aventura napoleônica – um sistema relativamente estável.

A diplomacia das regras

O Congresso de Viena disciplinou as regras da diplomacia, pondo fim às diatribes dos enviados sobre as classificações e sobre as prioridades, e estabeleceu a igualdade de todos os Estados soberanos, qualquer que fosse a sua forma institucional. A organização formal da prática das relações interestatais e de seus agentes prepostos é ainda hoje, em boa parte, a mesma de algum tempo atrás. O século XIX, com todos os progressos a que assistiu na sociedade civil, nos transportes, no comércio e nas telecomunicações, trouxe a esse sistema sobretudo algumas modificações de ordem quantitativa: a prática das conferências internacionais expandiu-se, o papel dos especialistas de política externa ampliou-se proporcionalmente e o número dos Estados soberanos aumentou, em particular com o processo de independência da América Latina e com a abertura do Japão ao mundo. Apesar disso, antes de 1914 não havia em Roma mais de vinte embaixadas e legações (com esse termo, hoje quase esquecido, designavam-se as representações diplomáticas de pequeno e médio porte) e em Washington apenas catorze: menos da décima parte das existentes nos dias de hoje.

Às velhas ambições nacionais dos Estados europeus uniu-se também a competição colonial, que nos séculos XVIII e XIX opôs a Inglaterra à França e, depois, à Alemanha. Tardiamente juntou-se a Itália que, após a Unidade, iniciou uma longa e inacabada viagem rumo à condição de grande potência. Além disso, entre o final do século XIX e o início do século XX, surgiram novos interlocutores no cenário internacional, um dos quais, os Estados Unidos da América, revelava uma inesperada capacidade de desenvolvimento no plano industrial e financeiro, e um outro, o Japão, surpreendera o mundo com o próprio potencial militar, obrigando, pela primeira vez na história moderna, uma grande potência européia a se render diante de um Estado asiático. Além disso, as relações comerciais pouco a pouco assumiram um papel mais significativo nos negócios internacionais e, embora os acordos de caráter econômico continuassem durante muito tempo a ser negociados por enviados especiais das capitais, as embaixadas dos maiores países começaram a valer-se da colaboração permanente de funcionários especializados.

A diplomacia, nesse meio tempo, se configurara como uma profissão altamente organizada e em grande parte proveniente das classes sociais mais elevadas, sobretudo da aristocracia: até o início do século XX, em muitos países, dentre eles a Itália, os diplomatas não eram remunerados no início de sua carreira, e o patrimônio era um dos requisitos essenciais para o acesso à profissão. A expectativa de que quem se ocupava das questões internacionais fosse, de preferência, de boa condição social, estendia-se também aos cargos políticos. De todos os ministros do Exterior que a Grã-Bretanha teve entre 1815 e 1914, apenas dois (George Canning e Edward Grey) não eram lordes ou filhos de lorde. E, ao se percorrer a lista dos ministros do Exterior piemonteses ou dos franceses, russos ou espanhóis, tem-se a mesma impressão.

Wilson e a moral internacional

O sinal de que a diplomacia clássica, com o seu caráter sigiloso e a atuação pessoal de muitos embaixadores, cumprira o seu tempo, que um conjunto de hábitos e interesses em que política, mundanidade e intriga muitas vezes se mesclavam entre si não correspondia mais às exigências de sociedades civis muito mais complexas e conscientes evidenciou-se com a eclosão do primeiro conflito mundial. A crise, naturalmente, envolveu toda a ordem internacional e, com ela, todo um sistema de alianças, criadas mais em função de oportunidades contingentes que da busca de equilíbrios políticos duradouros, sobre o qual a diplomacia se modelara. Não obstante, a partir de Versalhes, o papel e a função dos embaixadores e das missões diplomáticas passaram por uma evolução que, por certos aspectos, prosseguiu inalterada até o final da Guerra Fria e, por outros, ainda continua. Na história das relações internacionais, o início dessa transição geralmente coincide com o papel dos Estados Unidos da América na conferência de paz e com a visão política do presidente americano Woodrow Wilson.

Wilson pregava a extensão, à esfera internacional, dos princípios que inspiravam as democracias anglo-saxônicas no plano interno, a começar pela abolição dos tratados secretos em nome do direito supremo do Parlamento de tomar todas as decisões políticas relevantes para o país. Convém lembrar que, até então, a ratificação parlamentar dos tratados estipulados pelos plenipotenciários era considerada acima de tudo uma formalidade: os governos consideravam-se vinculados àquilo que os seus enviados haviam assinado. Os Estados Unidos foram uma exceção nesse ponto, e Wilson foi a primeira vítima de sua própria filosofia. Ele não previu os obstáculos que suas idéias encontrariam em seu próprio Parlamento, nem que a Sociedade das Nações concebida por ele se extinguiria em menos de vinte anos sem que os Estados Unidos tomassem parte nela. Todavia, a recepção triunfal dada a ele na sua turnê européia de 1919 indica que em muitos países a opinião pública começava a considerar que o princípio da autodeterminação dos povos era preferível ao direito de conquista e aos interesses estratégicos dos Estados.

A Sociedade das Nações, por sua vez, durou pouco, mas contribuiu, ao lado das infinitas comissões e comitês internacionais criados no pós-guerra, para executar e administrar disposições específicas dos tratados de paz, para formar uma geração de diplomatas multilaterais cuja tarefa era comparar publicamente as instruções dos respectivos governos e procurar soluções apropriadas mais através do diálogo que da ameaça.

Ao novo vento de além-Atlântico uniu-se, soprando em direção oposta, o da Revolução de Outubro, que desordenou as regras da diplomacia européia. Os bolcheviques subverteram os usos, o nome e a condição dos seus diplomatas e deram um significado diferente a muitas palavras tradicionais da linguagem das relações entre Estados, mas tornaram públicos os arquivos, trazendo à luz muitos tratados até então mantidos em segredo. A Rússia pós-revolucionária, e depois a União Soviética, pôde contar com o forte apoio da Internacional Comunista e dos partidos comunistas irmãos para atingir seus objetivos, chegando assim diretamente à política interna dos países de regime parlamentar. A visão democrático-liberal das relações internacionais que inspirara Wilson e a visão marxista de Chicherin e de Lênin tinham algo em comum: ambas tendiam a ajustar a política externa a critérios ético-ideológicos objetivos, ainda que profundamente diferentes, aliás opostos, e a introduzir nas relações internacionais uma inovadora carga de publicidade. Por outro lado, tanto a sociedade soviética quanto a americana obtiveram a sua legitimação de um momento revolucionário; e não é por acaso que ambas tenham assumido um nome que transcende os limites étnicos e geográficos dos dois países. A União Soviética logo abandonou o objetivo da publicidade e sua diplomacia tornou-se tão secreta, se não mais, do que fora a anterior à guerra. Os Estados Unidos não abandonaram os seus princípios, mas uma relativa ausência do confronto internacional durante mais de vinte anos limitou sua influência no processo de transformação dos negócios internacionais.

Nas quatro décadas entre o fim dos anos 1940 e a dos anos 1980 houve uma simplificação genérica das relações internacionais, restritas ao modelo bipolar nascido do confronto entre Estados Unidos e União Soviética e da criação de dois sistemas de alianças distintos e opostos. A supremacia estratégica dos Estados Unidos até o início dos anos 1960 e, depois, a prioridade sancionada pelas cúpulas russo-americanas nos anos de Nixon e Brejnev foram o trilho obrigatório sobre o qual viajou a diplomacia de uma e de outra parte, seja no plano bilateral, seja nas várias assembléias multilaterais que se multiplicaram no pós-guerra.

O mundo bipolar

O próprio movimento dos não-alinhados, mesmo reivindicando sua liberdade de ação em relação às potências que dividiam o globo entre si e afirmando a diversidade de interesses do mundo em via de desenvolvimento no tocante ao conflito Leste-Oeste, foi, com algumas exceções, mais freqüentemente objeto que sujeito da vida internacional do período pós-bélico. A exceção mais notável foi constituída pela crise petrolífera dos anos 1970 e pelo surgimento inesperado dos países que assomam no Golfo Pérsico em um papel de protagonistas: isso provocou uma revisão nos objetivos e nas técnicas da diplomacia tradicional que, mesmo em caráter transitório, não deixou de ser radical e profunda. Pode-se dizer que a crise energética colocou em evidência pela primeira vez a prioridade de interesses econômicos de tipo global na atividade internacional de muitos governos. O Japão, por exemplo, abandonou a irrelevância que caracterizara toda a sua política externa no período pós-bélico, aventurando-se agressivamente no Oriente Médio e fortalecendo a sua rede de penetração econômica e financeira, com efeitos que sobreviveram durante muito tempo à crise petrolífera daqueles anos.

Estados Unidos e União Soviética conduziram a sua ação internacional através de estruturas dirigidas em boa parte por não-profissionais, por embaixadores chamados "políticos", cujos méritos devem ser buscados, para além das qualidades individuais, ou no financiamento e desenvolvimento das campanhas eleitorais, no caso dos Estados Unidos, ou no interior da vida do partido, no caso da União Soviética. Por razões evidentes, esse tipo de diplomata está mais familiarizado com os problemas de política interna que com os de política externa e, portanto, mais com o que as respectivas sociedades esperam dos seus governos que com as medidas necessárias para atender a tais expectativas. E, de fato, ambas as diplomacias foram, no conjunto, singularmente ineficazes. As relações entre as duas potências desenrolaram-se sobretudo no âmbito das grandes negociações pela redução dos armamentos e, portanto, foram em parte influenciadas pelas escolhas dos respectivos aparatos militares. Embora cada um dos dois países tivesse plena consciência da importância do outro, faltou-lhes a real compreensão das profundas diferenças políticas, psicológicas e ideológicas existentes entre eles e cada um agiu, em última análise, como se o adversário fosse a imagem deformada de si mesmo. James Billington, um atento estudioso das questões russas, observou que o que nenhuma das duas diplomacias soube reconhecer foi a forma radicalmente diferente pela qual, tanto os Estados Unidos quanto a União Soviética, se sentiam superiores às outras nações: os primeiros, movendo-se em um mundo considerado essencialmente corrompido, mas pelo qual desejavam ser amados; a segunda, movendo-se em um mundo considerado cultural e tecnologicamente mais avançado, mas pelo qual desejava, não obstante, ser respeitada. Os aparatos burocráticos dos maiores países dos dois alinhamentos logo se adaptaram aos modelos impostos pelas duas superpotências, mesmo quando tomaram posições de evidente, embora tolerada, autonomia, como foi o caso da França no âmbito atlântico ou da Romênia no Pacto de Varsóvia.

Do ponto de vista profissional, o mundo da diplomacia viu neste meio século uma série de transformações. Aumentou o número de adeptos à diplomacia multilateral que, através da família das Nações Unidas, cresceu desmesuradamente e estendeu seu raio a campos diversos, da assistência humanitária às políticas econômicas e sociais, à cultura e às várias disciplinas do desenvolvimento. Paralelamente ao declínio da atividade política em sentido restrito, abafada na lógica Leste-Oeste, as relações entre Estados se diversificaram muito, ocupando praticamente cada espaço da atividade humana. A diplomacia, que é uma profissão eclética por definição, precisou recorrer cada vez mais freqüentemente ao auxílio de técnicos e especialistas.

A influência dominante dos Estados Unidos nas questões internacionais difundiu um estilo menos circunlocutório e mais direto no trato dos negócios, assim como ocorre nas características nacionais americanas. Forma e conteúdo nunca se distinguem nitidamente nas relações interestatais, mas não resta dúvida de que o peso respectivo dos valores formais diminuiu, embora eles mantenham nas relações entre Estados uma importância que não possuem na política interna. Por fim, a maioria dos países que hoje compõem a comunidade internacional alcançou a independência apenas recentemente. O pensamento e a linguagem das suas classes dirigentes estão muito mais próximos das raízes profundas da sua sociedade que os nossos. Não apenas deixou de existir uma classe de profissionais substancialmente homogênea pela condição social comum, como havia antes na Europa, mas as gerações mais recentes que vêm dos países emergentes, graças até mesmo à caixa de ressonância das Nações Unidas, influenciam de modo cada vez mais visível os comportamentos e as formas de expressão de toda a diplomacia internacional. "No reino bovino os machos castrados não se chamam touros, mas bois mansos", disse numa conferência dos países não-alinhados o ministro do Exterior do Zimbábue – um país cujo PIB é constituído em grande parte pela criação de gado – ao discursar sobre o tema da reforma do Conselho de Segurança da ONU. E acrescentou, entre grandes aplausos: "Um membro permanente do Conselho de Segurança ao qual se negue o direito de veto não é um touro, mas um boi manso."

A interferência da competição Leste-Oeste em qualquer problema político do planeta durante o arco de quase meio século levou inevitavelmente a simplificar ou até mesmo a negligenciar a complexidade dos fatos e das realidades regionais. Os países de um e de outro bloco se comportaram como se a contraposição entre as democracias e o comunismo fosse durar para sempre e o repentino desmoronamento deste último pegou a diplomacia internacional de surpresa.

Sobre as formas que as relações internacionais irão assumir neste século podemos apenas fazer alguma conjectura. Percebemos, por exemplo, não apenas o declínio da diplomacia da bipolaridade, mas também que a grande confiança na diplomacia multilateral que caracterizou toda a segunda metade do século XX e que teve, de certo modo, uma função terapêutica nas patologias da bipolaridade sofreu algum prejuízo. Talvez a colaboração multilateral entre Estados esteja destinada a assumir no futuro conotações mais prudentes e seletivas.

A carta geográfica do mundo sofreu grandes mudanças nos quarenta e cinco anos que separam Yalta da queda do muro de Berlim. Porém, essas mudanças produziram-se somente na parte meridional do planeta e, com poucas exceções, são resultado do processo de descolonização. No hemisfério norte (em sentido geopolítico, o Sul e o Norte da terra não são delimitados pelo equador, mas por uma linha que corta, mais ou menos, cerca de trinta paralelos mais ao norte), os limites que haviam sido traçados em Yalta não sofreram nenhuma variação relevante em quase meio século até o colapso da União Soviética. Crises e tensões regionais verificaram-se entre países pobres; os países ricos, ou relativamente ricos, gozaram de substancial estabilidade. A diplomacia destes últimos freqüentemente tendeu a subestimar a complexidade das situações locais e a se concentrar nos desdobramentos do grande conflito político e ideológico que dividia o mundo. Tudo isso mudou quando aquele conflito, inesperadamente, terminou. A lógica que estava na base do complexo sistema de relações internacionais da segunda metade do século não foi substituída por outra. O mundo atual – como disse Tolstói, que pensava na Europa pós-napoleônica – é como um homem surdo que responde a perguntas que ninguém lhe fez.

Capítulo 2

A vida cotidiana do diplomata

A vida dos diplomatas e de todos aqueles que se movem na área da diplomacia é, por si só, instável e imprecisa. Outras profissões que também requerem de quem as exerce mudanças periódicas e freqüentes de residência, como as carreiras militares, são acompanhadas de um senso de autoridade e de disciplina que a diplomacia não conhece. A diplomacia é inconstante e difícil de definir na essência, bem como nas condições de vida: o ar de preocupação que freqüentemente se vê no rosto dos diplomatas deve-se, muitas vezes, mais a isso que à gravidade dos negócios de Estado.

Cada país regula a seu modo a carreira dos seus enviados; todavia, algumas convenções internacionais estabelecem como cada Estado deve tratar os diplomatas e os cônsules de um outro. E, tendo em vista que tais convenções se reportam a convenções precedentes e, em particular, ao Tratado estipulado em Viena em 1815, sob a égide de Metternich e de Talleyrand, empregam termos um tanto antiquados e solenes que todos se resignam em manter, mas que geram uma certa confusão em quem não conhece a matéria. Assim, o termo ministro, atribuído em certa época a quem dirigia uma legação, hoje indica apenas um grau de dignidade na hierarquia ministerial. Para distingui-lo dos verdadeiros ministros de governo, seria preciso completá-lo com a correspondente qualificação de plenipotenciário, que é, porém, absolutamente imprópria, uma vez que um ministro não tem, por si só, nenhum poder. Do mesmo modo, um embaixador é chamado "extraordinário e plenipotenciário", apesar de não haver nada mais comum do que enviar um embaixador a outro país: de modo que não enviá-lo ou retirá-lo constitui um inequívoco sinal de frieza.

Até mesmo os privilégios e as imunidades que as convenções internacionais concedem em várias medidas aos diplomatas, aos cônsules e aos colaboradores de uns e de outros remontam historicamente a uma época em que as legislações nacionais reservavam um tratamento diferente a cidadãos e a estrangeiros. A perspectiva é de que provavelmente estejam destinadas a perder significado. As isenções fiscais não têm mais fundamento lógico e jurídico que as lojas "duty-free" nos aeroportos e em geral são contestadas pelas administrações financeiras; mas, visto que são aplicadas com base na reciprocidade, constituem uma forma indireta de retribuição que, embora, por si só, tenha pouca razão de ser, também não tem razão para ser abolida. Quanto à isenção da jurisdição e, em particular, dos atos de coerção, ela constitui ainda, em uma parte do mundo, uma garantia para o efetivo exercício das funções diplomáticas. Ao mesmo tempo, porém, é fonte de ressentimento naqueles países que, mais ou menos por bons motivos, orgulham-se de um grau elevado de observância das leis. Assim, a convicção de que os diplomatas podem escapar ao tormento cotidiano das proibições de estacionamento ou de circulação em cidades como Londres, Washington ou Nova York gera um sentimento de hostilidade e até mesmo formas de discriminação em relação a eles.

A missão diplomática

A missão de um diplomata no exterior tem uma duração que varia de acordo com as decisões do Estado que o envia, das suas regras – quando houver –, do grau e das funções, bem como da vontade do interessado.

Na prática dos países europeus, o diplomata tem geralmente um poder limitado quanto às escolhas da própria destinação, mas pode recusar alguma que não for do seu agrado: em qualquer aparato burocrático o poder de interditar é sempre maior que o poder de fazer. Quanto à duração previsível de uma missão isolada, embora sujeita a muitas variáveis, na maior parte dos casos gira em torno de três ou quatro anos, ou seja, o mesmo tempo que Veneza já atribuía aos seus embaixadores residentes no final do século XVI. Considera-se que esse período é suficientemente longo para entrar em contato com uma nova realidade e conhecer um novo ambiente, mas não o bastante para permitir que o novo tome o lugar do velho. De fato, pode ocorrer que o enviado, assimilando durante muitos anos idéias, costumes e objetivos do país junto ao qual é acreditado, seja mais persuasivo em se fazer porta-voz das razões deste último que do ponto de vista do seu governo. Quem nunca viu certos embaixadores retidos durante muito tempo num lugar, ou talvez esquecidos ali, tão enraizados na sociedade local a ponto de ser parte integrante dela, tratados por toda a parte com benevolência e familiaridade, que, ano após ano, assistem às mesmas cerimônias com a mesma compunção, úteis para realizar pequenas tarefas e totalmente ineficazes para as grandes?

Um caso extremo de missões prolongadas era o das embaixadas japonesas na China nos séculos XII e XIII. Segundo dizem, demoravam vinte anos para aprender as artes, o pensamento e os usos da mais evoluída sociedade chinesa. Um exemplo de espionagem industrial *ante litteram* atualmente em desuso entre as funções diplomáticas, até mesmo com os japoneses. Por outro lado, no extremo oposto, há infinitos casos de missões muito curtas, que terminam antes mesmo de começar pela recusa – por exemplo – da aprovação por parte do Estado de acolhida. Todo governo reserva-se o direito de se recusar a receber um embaixador designado, ainda que de fato raramente o exerça, ou de afastar um diplomata do seu território caso considere que tenha infringido as normas que regulam as suas funções ou por qualquer outro motivo. Não é infreqüente que os Estados decidam, individual ou coletivamente, punir o comportamento ilícito de um outro Estado limitando o número de componentes das missões diplomáticas ou consulares deste último ou restringindo sua liberdade de movimento. O efeito prático dessas medidas é muitas vezes totalmente irrelevante. As embaixadas assumem, portanto, uma função simbólica, não diferente da exercida pelas plumagens dos gansos, que se eriçam em sinal de ameaça sem que o animal tenha real intenção de agredir.

As virtudes da improvisação

Por sua indeterminação e pelo grande número de objetivos possíveis, a ação diplomática é fruto de improvisação. De fato, raramente acontece de se poder traçar uma estratégia global e articulada de longo prazo em relação a um Estado ou a uma organização internacional ou, ainda, definir com precisão todas as conseqüências políticas de um único acontecimento. Pode-se traçar uma escala de prioridades, mas cada uma das escolhas é fruto de um juízo extemporâneo e, muitas vezes, totalmente individual. Dentro de certos limites, isso vale também para o chefe de missão e, segundo o grau e as funções, para seus colaboradores. Os fatos internacionais quase nunca são o produto de um único evento, mas resultam de uma multiplicidade de ações de sujeitos diferentes, em que se ocultam finalidades de ordem política e econômica ou de natureza externa e interna, de caráter transitório ou permanente, a ponto de tornar árdua a programação detalhada das respostas a serem colocadas em prática no tempo. Essa é uma fonte constante de incompreensão entre aqueles que, no Parlamento ou na imprensa, julgam a política externa e aqueles que a desempenham. Os primeiros se manifestam *a posteriori* sobre uma situação de fato, negligenciando – e nem poderiam fazer diferente – as infinitas causas concomitantes que a produziram e, menos ainda, indicando quais ações específicas deveriam ter sido adotadas para modificá-la. Os segundos sabem que o objetivo final poderá ser alcançado através de uma série de ações concretas a serem determinadas ou modificadas aos poucos.

Para esclarecer plenamente essas interações, seria necessário um processo de informação pública praticamente ininterrupto, que não seria nem admissível nem desejável. O risco de uma deflagração entre as repúblicas que compunham a ex-Iugoslávia, por exemplo, era perfeitamente claro, tanto para os europeus como para os americanos, desde os primeiros sinais de colapso dos regimes comunistas na Europa: aliás, muitos já o haviam previsto por ocasião da morte de Tito, subestimando a força inercial criada por quatro décadas de sistema autoritário. Era igualmente clara a necessidade de fazer com que a desintegração da Iugoslávia ocorresse da maneira menos conflituosa possível e não se estendesse para além das áreas do complexo e historicamente turbulento mundo balcânico. Em 1990-91, não havia uma divergência séria de pontos de vista acerca dos objetivos fundamentais que a comunidade internacional tinha diante de si. Por outro lado, era difícil prever muitos elementos que intervieram em seguida, ou talvez fosse possível prever cada um deles, mas não suas conseqüências nem o efeito cumulativo produzido: o impulso para o processo de independência da Bósnia dado pelo reconhecimento antecipado por parte da Alemanha e da Santa Sé à Eslovênia e à Croácia; a rejeição da alternativa militar por parte da opinião pública americana após o inglorioso fim da missão na Somália; a consolidação interna da postura de Milosevic, justamente por causa do apoio externo aos servo-bósnios, e assim por diante. Quase dois anos de inútil atividade mediadora de Lord Owen e Cyrus Vance, uma série de reportagens dramáticas da CNN sobre Sarajevo e um sentimento de indignação internacional crescente convenceram o mundo de que a situação da Bósnia não se resolveria apenas com a atividade diplomática: e mais uma vez um fato que não estava previsto dois anos antes, isto é, a insuspeita potencialidade militar da Croácia, constituiu o evento determinante para impulsionar, com o estímulo dos Estados Unidos, um esforço militar conjunto que se mostrou decisivo para estabilizar a situação. Centenas, milhares de iniciativas individuais, de sondagens, de propostas, de tentativas de mediação diretas e indiretas por parte de todos os grandes protagonistas constelaram uma atividade diplomática fracassada, cujo malogro revelou-se, todavia, a premissa para que se encaminhasse uma outra, aquela desenvolvida por Dick Holbrooke em Dayton, acompanhada por uma opção militar, que finalmente produziu um resultado, ainda que frágil. Durante alguns anos, as chancelarias das embaixadas de metade do mundo trabalharam improvisando, ziguezagueando e se contradizendo sem cessar em busca de uma direção correta.

Mas, partindo do geral ao particular e da história à existência cotidiana, na prática diplomática e na vida das embaixadas, sobretudo nas de média ou pequena dimensão, as possibilidades que se oferecem de intervir em um ou outro setor para promover ou tutelar interesses nacionais – políticos, econômicos, midiáticos, tecnológicos, culturais e assim por diante – são praticamente infinitas: a escolha de uma ou de outra é geralmente fruto do costume ou da inclinação pessoal do chefe de missão ou do caso.

Não faz muito tempo, o Conselho Nacional de pesquisas pediu a um embaixador italiano no Japão para dar assistência a dois pesquisadores em missão em Tóquio no âmbito de um projeto destinado a melhorar a qualidade das ostras e de outros mexilhões cultivados nas águas da Púglia. Tratava-se de encontrar *in loco* as espécies de ostras mais aptas para acasalá-las com as nativas, de modo que as novas gerações de ostras italianas alcançassem as dimensões ideais – nem muito grandes nem muito pequenas – para o mercado francês, para o qual as ostras da Púglia (na ignorância ingênua daqueles italianos que só consomem ostras nos restaurantes parisienses) eram, e talvez ainda sejam, destinadas. Logo a questão se revelou política e, na ausência do conselheiro comercial e do adido científico, ambos em licença (as licenças do pessoal em serviço nos países distantes às vezes tomam dimensões bíblicas), ficou a cargo do embaixador. As autoridades japonesas dispuseram-se a colaborar apenas no âmbito de um acordo mais amplo que compreendesse alguns pontos de interesse japonês, relacionados ao estudo do comportamento do atum, que suscitaram uma certa desconfiança nos meios científicos italianos. A questão, aliás, era urgente e as ostras nacionais aguardavam impacientemente a possibilidade de se acasalar. Negociou-se o acordo por via diplomática; trocaram-se algumas dezenas de telegramas entre Roma e Tóquio; o embaixador interveio repetidamente junto ao Ministério do Exterior local e fez algumas visitas aos centros japoneses de Yokohama e Fukuoka e, para resumir, durante mais ou menos vinte dias as dimensões e os hábitos sexuais dos mexilhões – e marginalmente dos atuns – absorveram toda a sua atividade.

Pouco depois da bem-sucedida conclusão do acordo sobre o acasalamento das ostras, o próprio embaixador, como representante da presidência européia empossada naqueles dias na Itália, foi diretamente envolvido numa complexa negociação entre o Japão e a Europa acerca do embargo petrolífero a ser adotado em relação ao Irã em decorrência da ocupação da embaixada americana em Teerã. Os japoneses, que tinham e continuam a ter enormes interesses petrolíferos no Irã, não queriam se aliar à dura posição dos Estados Unidos, mas também não queriam ficar isolados negando aos americanos a sua solidariedade.

Sendo assim, pediram para se associar à Europa, a fim de se tornarem um país europeu, por assim dizer, em caso de necessidade. A meticulosidade japonesa e as hesitações européias deram origem a uma difícil negociação entre o embaixador e o ministro do Exterior, Saburo Okita, que foi concluída com uma rara posição comum formalizada posteriormente num Conselho europeu em Luxemburgo, no qual Europa e Japão apoiavam-se reciprocamente, quer diante do Irã, quer diante dos Estados Unidos.

As virtudes da forma

Uma vida que oscila entre funções tão diversas, entre ostras e embargos petrolíferos, entre interlocutores que aparecem e desaparecem, entre problemas insignificantes e problemas planetários, necessita de um ponto de apoio que, historicamente, é dado pela forma. A forma, isto é, o conjunto de procedimentos, linguagens e rituais através dos quais se expressa a atividade da relação internacional e que regula o comportamento dos agentes diplomáticos, não é um aspecto acessório da diplomacia, mas seu elemento central. Ela pode ser modificada em função de tarefas e de épocas diferentes, provavelmente ainda será e de fato foi modificada muitas vezes, sobretudo com o surgimento de numerosos novos sujeitos internacionais que alteraram o caráter profundamente europeu que os costumes diplomáticos possuíam até a metade do século XX; mas não poderia ser abolida. A extrema liberdade de linguagem com que hoje os homens de governo e diplomatas se expressam publicamente, muitas vezes para satisfazer as exigências dos meios de informação e, outras vezes, apenas para satisfazer a si próprios, é uma fonte contínua de equívoco e de embaraço, não só porque os termos empregados são embaraçosos em si (embora por vezes possam sê-lo), mas porque não correspondem a padrões claramente reconhecíveis e, portanto, geram incerteza em relação à posição de um governo sem que isso estivesse nas suas intenções.

Dos muitos atos que configuram uma missão diplomática, o primeiro e mais solene é constituído pela apresentação das credenciais, que são as cartas pelas quais o chefe de Estado do país emitente retira um embaixador e acredita um outro junto ao chefe de Estado do país destinatário. O estilo demasiadamente solene com que são redigidas e a importância formal que lhes é atribuída lembram o tempo em que o príncipe munia o próprio plenipotenciário de uma carta pessoal para diferenciá-lo de eventuais emissários não autorizados e recomendá-lo ao soberano do país ao qual se dirigia. Hoje têm um valor puramente simbólico: mas vale a pena deter-se um instante sobre elas, porque o ritual com o qual a apresentação das credenciais é organizada revela algo sobre o modo com que um país se posiciona em relação aos outros membros da comunidade internacional. No Palácio de Veneza, em Istambul – ex-sede da embaixada veneziana junto à Sublime Porta, depois embaixada da Áustria, depois embaixada da Itália e, por fim, desde que a capital foi transferida para Ancara, consulado geral –, existe uma pintura do século XVIII, bastante medíocre para ser sincero, que representa essa cerimônia. O sultão está sentado sobre uma plataforma elevada de modo que domina os espectadores, circundado por seus dignitários. O embaixador veneziano está curvado diante dele com uma indumentária que, pela riqueza e esplendor, se iguala à do sultão, e está acompanhado por uma grande comitiva de funcionários e oficiais como prova da sua importância e da importância da república que ele representa. Mas cada membro da comitiva, e o próprio embaixador, é vigiado de perto por um soldado turco que literalmente o abraça por trás para prevenir que possa sacar uma arma e também para afirmar a onipotência do sultão sobre essa terra.

Esse tipo de intimidação caiu de moda. Aliás, muitas vezes se dá o extremo oposto. O presidente dos Estados Unidos, que faz questão de dar à opinião pública do seu país a imagem de pessoa espontânea e acessível e com uma vida familiar transparente, procura projetar essa mesma imagem na apresentação das credenciais. No salão do andar térreo da Casa Branca, o hóspede é recebido com simplicidade – se não como amigo, como amigo de amigos – e a conversação pode girar em torno de qualquer assunto fora do âmbito político, em geral atualidades e esporte, conforme a ocasião e o humor. Se assim o desejar, o embaixador pode ir acompanhado da mulher, ou do marido, bem como dos filhos que convivem com eles. Nesse caso, os familiares entram no salão oval depois de algum tempo e a *first lady*, caso não tenha outros compromissos, os acompanha. Segue-se uma conversação em grupo, como é usual entre pessoas civilizadas. No final, o presidente sugere uma fotografia com todos juntos. Os americanos são francos e a sua linguagem, tanto nas questões internacionais quanto nas internas, é direta e sem rodeios. Quando o embaixador representa um país cujo comportamento deu lugar a sérias reclamações, a breve cerimônia – que, aliás, não é cerimônia – reflete na duração e no tom esses sentimentos. Os bons são encorajados; os maus, advertidos; e é justo que isso fique claro desde o início.

Se em Washington a entrega das credenciais é um ato que se realiza na maior simplicidade, em Tóquio ele alcança o máximo de formalidade. Até alguns anos atrás, quando o imperador Hiro Hito – o último dos protagonistas históricos do segundo conflito mundial – ainda era vivo, essa ocasião era precedida de uma visita do grão-mestre do Palácio ao embaixador, que ilustrava em detalhes a maneira como ela seria realizada. O encontro com o imperador – como era explicado – dará lugar a uma conversação que se divide em três partes. A primeira parte versa sobre o chefe do Estado emitente (cuja carta o imperador recebe e passa imediatamente a um membro do governo que o assiste) e sobre o seu estado de saúde: quanto melhores forem as notícias trazidas pelo embaixador, mais ele ficará satisfeito. A segunda parte é chamada "conversação livre". Os temas dessa conversação livre são ajustados previamente com discrição – ou, conforme o caso, sugeridos – pelo grão-mestre de cerimônias, para evitar que um assunto imprevisto coloque o imperador em embaraço. Por fim, a terceira parte diz respeito ao próprio embaixador: e aqui o velho imperador se fazia atencioso, quase paterno, ao se informar sobre a sua vida e sobre a sua família, ao recomendar-lhe prudência ao enfrentar um país como o Japão, tão distante e diferente nos hábitos e no clima. Tudo acontecia em pé, numa grande sala vazia, com a comitiva de um e de outro a uma certa distância.

E, antes de chegar àquela sala vazia, o embaixador atravessou muitas outras depois de ser recebido pelos dignitários da corte na entrada do palácio imperial e ser escoltado ao interior. Sala após sala, corredor após corredor, avançou entre paredes de madeira e de papel, num grande silêncio e naquela extraordinária ausência de objetos ou de figuras que, segundo a estética japonesa, é a forma suprema da elegância. Ao final do percurso, quando o embaixador é levado à presença do imperador, a inconsistência daquele encontro com uma personalidade essencialmente representativa e sem nenhum poder, num espaço vazio, num palácio vazio que, por sua vez, está no centro de um jardim no qual ninguém passeia, revela-lhe o limite significativo do seu papel e das suas funções.

O ecletismo e a socialidade

As funções de um embaixador tradicionalmente resumem-se em: informar, negociar, representar e assistir. Vale a pena ver quais dessas funções se modificaram no tempo, o quanto e em que modo. Mas, já ao enumerá-las e ao identificar o conteúdo de cada uma delas, percebemos que elas superam em amplitude e diversidade aquilo que razoavelmente se exige de um único indivíduo no plano profissional. Sobretudo quando se considera que um chefe de missão no exterior está no topo de uma estrutura administrativa, às vezes de pequenas dimensões, mas muitas vezes de dimensões consideráveis que, por sua vez, tem funções de coordenação ou de orientação sobre outras estruturas – os gabinetes dos adidos para a defesa, os Consulados, os Institutos de Cultura, os departamentos do Instituto de Comércio Exterior e assim por diante – e que, portanto, suas incumbências de caráter administrativo não são negligenciáveis. Um jornalista, correspondente de uma agência, informa; um diretor de empresa negocia e, em certa medida, representa; um missionário dá assistência. Não se espera que um diretor de empresa dê assistência a um compatriota ou que um jornalista negocie um acordo ou que um missionário represente o próprio país em toda e qualquer ocasião. A expectativa de que um embaixador cumpra todas essas tarefas indica ou uma grande confiança nas suas capacidades pessoais ou, mais provavelmente, uma certa desconfiança quanto aos resultados da sua ação.

A variedade de funções atribuídas ao agente diplomático faz com que a descrição da sua atividade cotidiana seja, mais que difícil, inútil. Muitos diplomatas-escritores se dedicaram a isso, e o Institute for the Study of Diplomacy da Georgetown University de Washington reuniu em um volume as atas de um congresso sobre *O embaixador de hoje*, que contém diversas tentativas do gênero. Elas são tão enfadonhas que desencorajam até o leitor mais paciente.

As considerações já feitas sobre a imprevisibilidade da ação diplomática refletem-se evidentemente na vida de uma embaixada e na agenda diária de seus membros. Mesmo colocando de lado as emergências, que são possíveis em toda profissão e mais ainda para quem tem tarefas tão genéricas e abrangentes como a defesa dos interesses do Estado e dos seus cidadãos no exterior, uma parte não indiferente dos eventos que ocupam o dia de um chefe de missão não é desejada e planejada por ele, mas é conseqüência de iniciativas tomadas por outros, sobre as quais o Ministério do Exterior (ou o Departamento de Estado ou o Foreign Office) foi talvez sucintamente informado e cujo alcance, finalidade e modalidade são, em geral, vagamente conhecidos. Esse é um motivo de frustração tão freqüente quanto inevitável e, em suma, infundado, em quem exerce uma representação. A soma de interesses que giram potencialmente em torno da representação de um país no exterior – interesses políticos, econômicos, científicos, culturais, tecnológicos, sociais, etc. – é praticamente infinita. O número de instituições nacionais – Parlamento, governo, administração e, além disso, o mundo econômico, acadêmico, científico e assim por diante – que têm ou procuram ter contato com interlocutores estrangeiros é igualmente infinito. Afinal, esses interesses estão em contínuo crescimento qualitativo e quantitativo, tendo em vista que bem poucas atividades se limitam ao plano interno e que praticamente não existe hoje nenhum aspecto da vida produtiva ou intelectual que não tenha uma dimensão internacional. Não se poderia imaginar que tudo isso – ou que apenas uma grande parte disso – passasse pelo gargalo de uma representação diplomática, por mais capaz e bem preparada que seja. Até setenta ou oitenta anos atrás, uma pessoa de qualquer condição social, mesmo que restrita ao âmbito das relações mundanas, que se encontrasse em uma capital estrangeira, costumava deixar o seu cartão de visita ao embaixador, esperando, talvez, a retribuição. Hoje a idéia nos faz rir. O que um embaixador pode esperar é que um membro de governo o informe previamente de uma visita sua ao exterior (e isso nem sempre acontece) e se faça assistir no decorrer dela; que uma missão parlamentar faça o mesmo, ou até mesmo um único parlamentar se prevê contatos com ambientes oficiais ou com a comunidade nacional residente; que um empresário que tenha uma importante negociação em curso com um órgão público estrangeiro mantenha-o informado de tempos em tempos, e não apenas para uma intervenção tardia, quando o negócio está a ponto de se desfazer. E, finalmente, espera ser ouvido quando sugere que uma visita seja adiada ou antecipada, para não coincidir com uma outra, ou um encontro seja cancelado por razões de conveniência. Mas, nesses casos, a capacidade de se fazer ouvir é proporcional não tanto à razoabilidade do assunto quanto à autoridade pessoal do diplomata.

Numa comédia de cunho surrealista de Jean Cocteau, intitulada *Os noivos da Torre Eiffel*, há uma cena em que o fotógrafo contratado para imortalizar o casal vê surgir na objetiva, em vez dos rostos sorridentes dos esposos, imagens inesperadas: objetos curiosos, animais, pessoas desconhecidas. Desconcertado, e temendo que esses fatos inexplicáveis prejudiquem a sua reputação, diz, voltando-se aos espectadores: "Esses acontecimentos fogem ao meu controle: vamos fingir que fomos nós que os organizamos." Expressão lapidar que poderia ser pronunciada por muitas figuras da nossa vida pública, mas que também define perfeitamente a atitude de um embaixador que, esperando receber o seu ministro do Exterior, assiste à chegada do ministro das Comunicações, uma vez que o primeiro cancelara inesperadamente a sua vinda. Mas o que define com mais seriedade e de maneira mais genérica uma das funções da diplomacia é dar um sentido completo e tornar o máximo possível inteligíveis as iniciativas, propostas e declarações que perseguem finalidades díspares e que não foram nem um pouco coordenadas na origem.

Em relação a algumas décadas atrás, o diplomata certamente viu diminuir o seu poder de iniciativa e de proposta, visto que as oportunidades de contato com cada nível se multiplicaram enormemente e que na origem de cada relação ou de cada projeto de colaboração existem hoje fontes muito diferentes e totalmente ocasionais. Por sua vez, ganhou em funcionalidade organizativa, isto é, na responsabilidade de garantir que essa multiplicidade de iniciativas se enquadre e se adapte às diretrizes políticas e econômicas do seu governo.

Nas democracias parlamentares, em que a sociedade nacional tem liberdade para se expressar e para criar formas sempre novas e diferentes de inter-relação, a vida internacional muitas vezes parece fragmentária e dispersiva aos olhos de um observador externo. Conseqüentemente, a linha política dos seus governos é vista de forma semelhante, isto é, mais como um processo de reação a fatores externos que como desenvolvimento coerente de um projeto específico.

Não creio que isso seja necessariamente negativo. A história das últimas décadas demonstra que a influência que um único país pode exercer sobre a realidade internacional – mesmo sendo uma superpotência e admitindo-se que elas ainda existam – está gradualmente diminuindo e não há razões para crer que essa tendência não continue também no futuro. Os próprios Estados Unidos, que no período da Guerra Fria, como "líderes" do mundo livre, tinham uma posição de relativa hegemonia que agora perderam, renunciaram ao projeto de disciplinar idealmente o mundo e limitam-se a intervir quando solicitados com veemência pela opinião pública ou pelos seus interesses precisos, específicos. No plano internacional reproduz-se, assim, um fenômeno de certa forma análogo ao que se verifica no plano nacional com as privatizações: desaparecem, ou se atenuam, os vínculos impostos unilateralmente pelo exterior, e novas condições de equilíbrio são, para o bem ou para o mal, alcançadas através do livre jogo de forças e interesses contrapostos. Há um processo de "privatização" geral que tem origem no desenvolvimento espetacular das telecomunicações e na multiplicação das oportunidades de contato: não é de admirar que esse processo atinja não só a esfera econômica, mas também a esfera política; não apenas as sociedades nacionais, mas também a comunidade internacional. A conduta dos Estados mais maduros tende, assim, não tanto a impor as próprias visões sobre o curso dos acontecimentos quanto a vigiá-lo coletivamente, suavizando, na medida do possível, suas asperezas ou excessos.

Essas tendências de caráter geral refletem-se, evidentemente, na prática e na conduta dos agentes diplomáticos, que são ecléticas por natureza e tendem a sê-lo cada vez mais. Onde há necessidade de uma ação contínua e profunda entre dois países para a solução de um problema específico, essa ação é cada vez mais raramente confiada aos chefes das missões diplomáticas acreditados naqueles países, como era costume no passado. Cuidar dos interesses externos de um país é uma tarefa demasiado ampla para ser confiada totalmente a uma iniciativa setorial. Recorre-se assim a personalidades *ad hoc*, quase sempre do meio diplomático ou com experiências diplomáticas anteriores, que agem em nome daquele governo ou, muitas vezes, de vários governos, em um quadro internacional já existente. Por outro lado, trata-se muitas vezes de operações cuja disparidade e multiplicidade de funções (e, portanto, dos compromissos de um diplomata em serviço no exterior), e as dificuldades de perceber o nexo lógico de uma agenda dividida entre circunstâncias formais e, portanto, obrigatórias, entre diálogos mais ou menos oficiais com as autoridades e encontros com interlocutores de condições e interesses totalmente diferentes, confirmam em quem as observa de fora a convicção de que a atividade diplomática tem sobretudo um caráter figurativo e que boa parte dela se limita à mundanidade. Aliás, essa impressão tem origens distantes, nos usos do passado e na memória de certos grandes acontecimentos coletivos, dos quais o Congresso de Viena constitui de certo modo o protótipo, em que negócios de Estado e mundanidade se integram reciprocamente. Metternich, em uniforme branco de galões dourados, entre casais de cavalheiros e damas que dançam, em uma cidade cujo nome evoca os bailes e o beija-mão, é uma imagem que persegue a diplomacia e que retorna eternamente no imaginário popular. A mundanidade, conforme se pensa, é sinônimo de superficialidade. Nada de sério, de permanente ou mesmo de duradouro e importante pode ser tratado durante uma recepção onde algumas centenas de pessoas se encontram, conversam por alguns minutos e logo se dispersam para recomeçar tudo alguns passos adiante. Por outro lado, em réplica, argumenta-se que a vida mundana permite conhecer muitas pessoas em curto espaço de tempo, mesmo que superficialmente, e isso é essencial para quem precisa freqüentar ambientes estranhos, geralmente em cidades desconhecidas, e multiplicar o máximo possível o seu leque de conhecimentos.

Ora, as situações com que os diplomatas deparam são as mais variadas. Quem é acreditado junto a uma organização internacional move-se profissionalmente num ambiente relativamente restrito onde, porém, os contatos são freqüentes e intensos. É inimaginável, por exemplo – embora talvez fosse desejável –, desempenhar com eficácia a própria atividade nas Nações Unidas em condições de isolamento. No universo da ONU, cada posição, cada voto é objeto de negociação e, muitas vezes, de transação, segundo critérios que refletem, nos casos mais importantes, a estratégia e as alianças dos respectivos governos mas que, muito freqüentemente, são o resultado de acordos feitos em seu nome entre os representantes permanentes com base em considerações de oportunidade contingente: em todo caso, são fruto de infinitas conversações ao longo dos corredores do Palácio de Vidro ou no vão de uma janela de alguma embaixada. A atividade multilateral tende a se esfacelar num grande número de comitês, subcomitês, grupos de trabalho, comissões restritas e muitas outras fórmulas criadas, não sem esforço de imaginação, para obter o consenso ou, ao menos, para evitar dissensos abertos sobre problemas específicos. Ao redor de cada um desses órgãos formam-se, assim, relações pessoais que, mais tarde, geram microcosmos sociais; e isso tudo constitui uma arquitetura mundana complexa, na qual todos se conhecem, ou demonstram conhecer-se, e falam sobre tudo. É inútil perguntar se esses tipos de agregações burocrático-mundanas são realmente necessários e se os negócios tratados ali não poderiam ser tratados de melhor modo em outro lugar, uma vez que são inevitáveis.

O papel que a socialidade ocupa numa embaixada é extremamente variável: às vezes, por razões políticas, de ordem cultural ou religiosa, a sociedade local fica totalmente afastada e externa. Então, o corpo diplomático leva a termo a vida social em seu próprio interior, desempenhando uma função de caráter psicológico não sem importância (pense-se, por exemplo, nas esposas ou nos maridos dos agentes diplomáticos que deixaram para trás um trabalho e buscam um sucedâneo nas poucas atividades que lhes são permitidas), mas não realmente produtiva. Em outras capitais – Washington é o exemplo extremo – onde a vida gira em torno do centro do poder e onde facilmente se estabelece um amálgama entre corpo diplomático e autoridade, mundo da informação e da cultura e sociedade, os ritos da mundanidade têm muita importância como base de conhecimentos e contatos. Por outro lado, a esfera das relações interpessoais é uma esfera eminentemente verbal. Numa troca oral de pensamentos podem ser sugeridas mais coisas que numa troca escrita; podem-se lançar idéias, captar reações, sondar posições alheias sem prejuízo das próprias. E nesse modo de comunicar, eficaz na medida em que pode ser interrompido e retomado conforme as circunstâncias e integra um processo que não se esgota em um único ato, mas, ao contrário, se prolonga no tempo, está grande parte do valor e do significado da diplomacia, que, como se vê, é indefinível por natureza. Ou melhor, cujas definições abstratas não sugerem absolutamente o modo concreto em que ela se traduz na prática cotidiana. Ao se definir a medicina, sua esfera e finalidades, é fácil imaginar em que consiste o trabalho de um médico. O mesmo vale para a arquitetura e para os arquitetos, para a justiça e os magistrados. As definições da diplomacia não contêm erros e quase sempre giram em torno do conceito de exercício pacífico das relações entre Estados soberanos. Mesmo que sejam consideradas satisfatórias, no plano geral, elas não servem para nos dizer em que consiste concretamente o trabalho dos diplomatas, quais devem ser os seus requisitos e como deve ser orientada a sua formação profissional.

Os ensinamentos do senhor de Norpois

Num certo sentido, os clichês não devem ser menosprezados. Talvez possamos considerar antiquada a descrição do embaixador perfeito de Ottaviano Maggi, um autor veneziano do final do século XVI, que incluía, entre as virtudes principais do diplomata a sabedoria do turco, a bela presença física e a fortuna da família. Mas ainda hoje seria difícil estar mais próximo da verdade do que esteve Proust na *Recherche*, com o seu retrato de um embaixador respeitoso das regras e carregando todo o peso da tradição. O marquês de Norpois fala predominantemente por frases feitas, e a validade de suas frases no tempo é, em média, de três anos. Quando Proust o descreve, a sua expressão favorita é: "Os cães ladram, a caravana passa", que subentende um certo ceticismo em relação às possibilidades de mudar o rumo dos acontecimentos. Apesar de os cães latirem, nada impedirá as caravanas de passar. Evidentemente, a frase adapta-se a qualquer circunstância, e o embaixador de Norpois a emprega bem consciente de que constitui sempre um comentário apropriado e inofensivo. No mais, sua cortesia é impecável e um pouco obsoleta e sua conversação, contida. Fala pouco de si e tem em alta conta tudo o que possa interessar ao ouvinte; quem o conhece se surpreende que aquela sua atitude de distanciamento cortês não o abandona nem mesmo nas pequenas reuniões entre amigos, quando a atmosfera informal o autorizaria a ter um comportamento mais descontraído: ignoram que o embaixador está tão habituado a pensar que um convite para almoçar é parte das suas funções que não saberia mais considerá-lo de outra forma. Além disso, seus conselhos, ainda que raros, são sábios e o círculo de amizades de Swann disputa a sua afeição.

A literatura deu-nos muitas figuras de diplomatas baseadas em clichês e nem por isso menos verdadeiras. Do *Diplomatico sorridente*, de Daniele Varé, um dos raríssimos textos italianos de anedótica diplomática traduzidos e publicados no exterior; àquele embaixador da França em Atenas descrito no mordaz livro *Les ambassades*, de Roger Peyrefitte, que passava a manhã inteira procurando qual palavra expressava melhor o sentido de urgência e da necessidade de agir de imediato, se "urgent" ou "expedient"; e o tempo transcorria naquelas meditações e o seu governo não só não agia, mas não recebia sequer o despacho que devia solicitá-lo a agir. Ou, ainda, outros diplomatas, em graus inferiores da conduta e da ética profissional, como o cônsul honorário de Graham Green ou o trágico e vacilante cônsul protagonista daquela obra-prima da narrativa contemporânea que é *Debaixo do vulcão*, de Malcolm Lowry.

Por outro lado, entre diplomacia e literatura muitas vezes houve proximidade. De Stendhal, que foi um desventurado cônsul em Civitavecchia, e Chateaubriand, mais afortunado embaixador em Berlim e Londres (e secretário em Roma na juventude), ao digno e refinado Paul Claudel, impregnado de endecassílabos e de ornamentações, a Saint-John Perse, a Pablo Neruda e Ghiorgos Seferis, poetas muito diferentes entre si, mas unidos pela profissão e pelo prêmio Nobel. E muitos outros que não vale a pena mencionar. De si próprios, como diplomatas, todos eles falaram pouco. Talvez seja inerente à vida diplomática e à sua frágil inconsistência que os que falam sobre ela com mais propriedade sejam mais os que não a conhecem que os que a vivenciaram; mais os narradores que os memorialistas.

Capítulo 3

Desintegração e globalização

Em 1945, quando foi promulgada em San Francisco a Carta das Nações Unidas, a comunidade internacional era composta por pouco mais de 50 Estados. Vinte anos depois, por volta do final dos anos 1960, o seu número mais que duplicara, a ponto de considerar-se necessário – e não ter-se mostrado algo fácil – ampliar a estrutura de alguns órgãos societários que refletissem uma realidade profundamente modificada. O Conselho de Segurança passou de 11 para 15 membros, um aumento muito modesto se comparado ao dos membros da Assembléia, e ainda mais modesto em termos de equilíbrio de poder, visto que as 5 potências vencedoras do segundo conflito mundial mantiveram – e ainda mantêm – uma posição dominante.

O aumento do número de sujeitos internacionais é o resultado de vários fatores, muito diferentes entre si pela natureza e importância: nos anos 1950, as potências derrotadas (Alemanha, Itália e Japão e seus ex-aliados) foram pouco a pouco integradas na vida das relações internacionais e, conseqüentemente, ingressaram nas Nações Unidas. Além disso, seguindo a visão democrática que inspirou as relações internacionais no pós-guerra, países de pequenas ou reduzidíssimas dimensões, chamados de mini-Estados em decorrência da extensão territorial e da população, foram elevados à categoria de sujeito internacional de pleno direito. Por fim, e esse foi o fenômeno mais significativo dos anos 1950 e 1960, o processo de descolonização atingiu, num período de tempo relativamente curto, quase toda a África, boa parte da Ásia e, mais tarde, as áreas insulares do Caribe e do Pacífico.

Transcorridos mais de trinta anos desde aquele ajuste, os Estados soberanos membros das Nações Unidas aproximam-se agora da casa dos duzentos, e não é impossível que seu número ainda cresça no século XXI.

No início dos anos 1990, novos sujeitos internacionais surgiram com a desintegração de entidades nacionais de dimensões maiores, seguindo linhas históricas, étnicas ou religiosas. Como sabemos, o mesmo havia ocorrido na Europa e no Oriente Próximo após 1918, quando a dissolução dos impérios da Europa Central e do Império Otomano e a rendição da Rússia tsarista haviam transformado profundamente a geografia do velho continente. Hoje, o nascimento das Repúblicas da ex-União Soviética e da ex-Iugoslávia ou a cisão da Tchecoslováquia em duas entidades estatais distintas parece-nos a conseqüência direta da queda do comunismo, assim como no início do século XX a independência da Finlândia, da Polônia, da Tchecoslováquia dos países bálticos e dos balcânicos havia sido fruto da derrota militar dos impérios centrais e da aplicação do princípio da autodeterminação dos povos.

Trata-se, na verdade, de fenômenos totalmente diferentes. O primeiro decorre de uma decisão política e ideológica das potências vencedoras do primeiro conflito: para garantir a paz na Europa era necessário, em primeiro lugar, limitar o poder da Alemanha e, em segundo lugar, garantir a independência dos povos dentro de limites seguros e reconhecidos e com base no princípio da nacionalidade. O segundo fenômeno, testemunhado pela Europa entre 1990 e 1992, não veio do alto, mas de baixo; não por imposição das grandes potências, mas espontaneamente e, em parte, contra a vontade delas. A explosão da União Soviética e da Iugoslávia, os dois maiores Estados multinacionais do continente, é um fato para o qual as chancelarias européias não estavam nem psicologicamente nem politicamente preparadas. A federação iugoslava, por exemplo, não se dissolvera como se esperava com a morte de Tito, e isso pareceu uma prova da sua solidez também para o futuro. Quanto à União Soviética, ela era vista quase exclusivamente sob o aspecto do potencial de ameaça externa e muito pouco sob o aspecto da evolução da sua opinião pública, que também havia sido notável, sobretudo após o início da Guerra do Afeganistão.

Ordem e desordem

Os historiadores ainda não têm uma opinião unânime sobre o alcance dos acontecimentos europeus de 1989-90, sobre sua origem e sobre o tipo de herança que nos deixaram. Os equilíbrios internacionais, não apenas no continente europeu, mas em todas as partes do mundo, mudaram radicalmente; esse é um fato indiscutível, confirmado a cada dia, e não pode ser ignorado pela diplomacia. Mas não é tão fácil perceber que tipo de estrutura o fim do equilíbrio bipolar nos oferece: todos nos lembramos que Bush falou de uma nova ordem internacional cuja construção os Estados Unidos estariam dispostos a preparar, mas não vemos nenhum vestígio nem da ação, nem do resultado. Outros dizem que o fim da Guerra Fria significa apenas o fim da bipolaridade, e que a ordem criada no final do segundo conflito não apenas não foi dissolvida, mas, ao contrário, foi restaurada, depurada – se é que se pode dizer assim – pelo confronto ideológico. O tempo dirá qual das duas teses está mais próxima da verdade.

Provavelmente a nova ordem internacional não será criada por uma potência hegemônica ou por um acordo de potências, mas surgirá espontaneamente. E, provavelmente, o colapso do comunismo não é a origem, mas a conseqüência de uma grande mudança da sociedade contemporânea. A mudança a que nos referimos manifesta-se com o declínio progressivo das idéias unificadoras, sejam elas de inspiração marxista ou de inspiração mercantilista, com uma dissimulada aversão em relação às autoridades centrais, uma recusa das superestruturas ideológicas, uma afirmação da supremacia dos valores particulares sobre os valores gerais e a preponderância dos interesses locais sobre os estatais. O fato de esse movimento de fundo da sociedade ter corroído, acima de tudo, aqueles regimes que haviam alicerçado sua própria legitimidade na prioridade da ideologia sobre a prática cotidiana e a afirmação de um princípio de igualdade, não significa que ele não atinja também outros sistemas políticos em outras áreas do planeta, especialmente nas sociedades industriais e pós-industriais da Europa e da América do Norte.

O final do século XX assistiu, de fato, a um processo geral de fragmentação da sociedade civil, alimentado pela convicção de que os direitos do indivíduo são protegidos mais pelo vínculo a um grupo restrito, que se reconhece em um certo número de dados comuns, que por valores gerais sancionados pelas instituições de uma grande comunidade nacional. Esse tipo de sentimento nasce geralmente numa minoria que se opõe à maioria, no mais fraco e mais pobre que tende a se afastar do mais forte. A Europa e a América do Norte conhecem muitas reivindicações similares nos Países Bascos, na Córsega, na Escócia, na Irlanda, em Quebec e em Kosovo, para citar algumas. Não faltam, embora sejam mais raros, exemplos de tendências separatistas provenientes das áreas mais ricas, que visam precisamente defender suas posições de relativo privilégio, como acontece no nordeste da Itália ou – com mais razão e menos descompostura – na Catalunha. A fragmentação da sociedade contemporânea não segue apenas linhas raciais, étnicas ou lingüísticas e não tem sequer necessariamente uma base territorial, mas pode seguir essas linhas alternativamente ou também em conjunto. Os Estados Unidos, que consideramos legitimamente o caso exemplar de uma sociedade multiétnica e multicultural, evidenciam uma insurgência de reivindicações muito mais marcada hoje que no passado, tanto que o próprio conceito tradicional de *melting pot*, o crisol no qual os vários componentes da sociedade se fundem para dar vida a um novo modelo cultural de *homo americanus*, foi substituído – segundo Mario Cuomo – pela idéia de um mosaico onde um desenho unitário é obtido através da identidade de cada tessela, que mantém intactas as próprias características originárias. Hoje o desenho unitário ainda é claramente visível, mas sem dúvida já é um desenho diferente do de Roosevelt ou de Kennedy. É incontestável que, além de um crescente distanciamento entre os componentes branco e negro da sociedade americana e de ambos terem desenvolvido comportamentos, linguagens e objetivos diferentes, bem como da progressiva conscientização de outras comunidades étnicas como a latina, a asiática ou a ameríndia, cada qual com características próprias e com tendência crescente a definir, mais do que a atenuar, as próprias diversidades, vemos as mulheres reivindicando os seus direitos como mulheres, os homens, o que é ainda mais surpreendente, reivindicá-los como homens, os homossexuais afirmando a sua especificidade em relação aos heterossexuais, e assim por diante.

A vida internacional tende, assim, a se tornar mais complexa, não apenas pela multiplicação dos sujeitos a que já nos referimos e pela possibilidade de tal processo de fragmentação produzir outros, mas porque de cada um dos sujeitos internacionais provêm, nos limites de expressão que as autoridades centrais lhes permitem, opiniões contrastantes que, muitas vezes, buscam afirmar, a seu turno, uma subjetividade própria nas relações entre Estados ou até mesmo influenciar a vida internacional para perseguir objetivos específicos.

Tudo isso repercute no exercício da diplomacia. Como vimos, a diplomacia encontra historicamente a sua legitimação plena na vontade do Príncipe. Mais tarde, a partir do século XVIII, tem a sua fonte na vontade mais articulada dos Gabinetes dos soberanos. Com a preponderância das democracias parlamentares, as decisões dos governos são cada vez mais controladas e muitas vezes inspiradas pelos órgãos representativos. Hoje, a diplomacia se confronta cotidianamente não apenas com o próprio Parlamento, mas também com o humor instável da opinião pública e com a influência dos grupos de pressão portadores de interesses setoriais ou locais.

O lugar onde tudo isso se manifesta com maior clareza é Washington. Washington é um dos pontos centrais da diplomacia internacional, ou melhor, é provavelmente o ponto central. Não, evidentemente, no sentido de que tudo o que a administração americana se propõe fazer se realize em qualquer lugar do globo, uma vez que até a capacidade da administração de alcançar os seus objetivos está condicionada concretamente não só por fatores externos, mas também por processos internos que não pode ignorar, porém no sentido de que hoje, na capital dos Estados Unidos, encontra-se a maior concentração de poder existente no planeta e que cada iniciativa política de alguma relevância é obrigada, em algum momento, a passar por Washington. Compreender e tentar influenciar os processos de decisão americanos é indispensável para quem persegue projetos políticos, seja ele um americano com objetivos de política interna ou um estrangeiro empenhado numa ação de política externa.

Os *lobbies*

Em Washington, não por acaso, prosperam os *lobbies*, aos quais recorrem os grupos de interesse para atingir os meios de informação, a administração e o Congresso. E esse é um recurso tão aceito e consolidado, que já em 1938 se julgara necessário promulgar uma lei para obrigar todos os que recebessem retribuições por parte de um Estado estrangeiro a se registrar no departamento da Justiça: excetuavam-se apenas os diplomatas e os cônsules, na certeza de que eles não precisavam de outros registros, por serem "lobbistas" por definição. A lei foi revista várias vezes, sobretudo nos anos 1960, quando a descolonização levou a Washington um grande número de diplomatas pouco experientes, que de repente depararam com uma cidade difícil e com um executivo e um legislativo muitas vezes em desacordo entre si, prontos a pedir e gratos em obter conselhos e indicações por parte de profissionais. O número destes últimos foi aumentando, e esse tipo de consultorias, muitas vezes disfarçadas sob a fachada de escritórios de advocacia, tornou-se – não apenas em Washington – um complemento natural da atividade diplomática. Alguns governos dirigem-se a sociedades especializadas com finalidades genéricas de imagem, outros empregam lobbistas com o objetivo específico de orientar a administração e o Congresso sobre determinada medida legislativa ou determinado provimento.

Tanto num caso como no outro, eles fazem o trabalho das embaixadas, às vezes melhor, outras vezes pior, mas certamente com mais liberdade. Um caso de *outsourcing*, por assim dizer, nas relações internacionais.

De um ponto de vista político, também assume grande importância a atividade dos portadores dos interesses de grupos étnicos da comunidade nacional, sobretudo quando esses grupos refletem, por sua vez, interesses e aspirações de seus países de origem. Também nesse caso falamos de *lobbies*, mas trata-se evidentemente de coisas diferentes. A maior facilidade que os grupos de pressão têm de estabelecer contatos internacionais e o peso crescente que exercem nas políticas nacionais enquadram-se naquele processo de fragmentação da sociedade civil que caracteriza as últimas décadas do século XX.

Entre eles destacam-se – é quase desnecessário dizer – os expressos pela comunidade judaica americana, que não está numericamente entre os maiores grupos étnicos dos Estados Unidos, mas tem um nível elevadíssimo de educação, uma participação ativa na vida política e uma presença extremamente difundida no mundo da mídia, da burocracia e das finanças.

O êxito das instituições israelenses americanas dá uma idéia do que um grupo de pressão altamente motivado, com boa retaguarda financeira e boa organização tem condições de obter. Os objetivos que os *lobbies* judaicos representam de antemão não diferem, no seu conjunto, dos determinados previamente pelo governo israelense, seja ele trabalhista ou do Likud: manter o fluxo do fornecimento de armas sofisticadas para Israel e obstar semelhantes fornecimentos a países árabes, sobretudo se estes últimos ameaçam diretamente a segurança do Estado judaico; garantir a ajuda financeira americana ao Estado de Israel no nível mais alto possível e nas condições mais vantajosas; conservar intacto na opinião pública americana e, através dela, na opinião mundial, o sentido da tragédia do holocausto e da dívida eterna que ele criou nos países cristãos. A bondade da causa está fora de discussão; seja como for, não é aqui que a questão pode ser aprofundada. O certo é que a política externa americana foi e é profundamente influenciada por ela e a atividade diplomática bilateral dos dois países foi integrada e, em parte, guiada pelos *lobbies* judaicos. Em princípio, deveria ser possível distinguir entre as associações da comunidade étnica e as associações de amizade com um país estrangeiro: as primeiras, com finalidades de ordem interna, e as segundas, com finalidades internacionais manifestas. Mas, no caso de Israel, tanto as primeiras, como o American Jewish Council, a American Jewish Conference, a B'nai B'rith, quanto as segundas, como a AIPAC – a única registrada como *lobby* –, estão voltadas inteiramente para orientar a política americana no sentido favorável aos interesses do Estado de Israel, de modo que suas atividades, mesmo quando divergem na orientação política, de fato vêm a somar-se entre si.

Ao lado do *lobby* judaico, que constitui um modelo único pela autoridade e eficiência, prosperam nos Estados Unidos muitos outros, e dentre eles talvez ocupe o primeiro lugar o irlandês, que obteve quase que uma consagração institucional indireta na era Kennedy, que no final dos anos 1970 assumiu uma controvertida posição de arrecadador de fundos para o IRA e que obteve um sucesso notável com a viagem de Jerry Adams aos Estados Unidos em 1996: um episódio talvez decisivo na tormentosa questão irlandesa. Mas não menos importante foi a pressão da comunidade grega sobre a administração americana, para que, em relação à Turquia, não se superasse, nas questões de ajuda econômica, a proporção de 10:7 entre Turquia e Grécia; uma proporção nitidamente inferior à das respectivas populações, das necessidades de desenvolvimento dos dois países ou dos interesses estratégicos dos Estados Unidos.

Um exemplo de sucesso de um *lobby*, que iniciou um movimento de opinião direcionado a intervir diretamente nos negócios internos de um outro país, deu-se com Angola: o *lobby*, nesse caso, não agia em nome de um grupo étnico, mas a pedido de vários grupos de poder, jornais, imprensas e centros de pesquisa, e seu objetivo era criar, nos Estados Unidos, praticamente do nada, a imagem de um líder carismático que combatesse o governo de Luanda. O líder escolhido foi John Savimbi, o encarregado da operação foi um dos mais experientes escritórios profissionais de Washington, que, aproveitando a ameaça constituída pela existência de um governo de orientação marxista na África apoiado por tropas cubanas, conseguiu se sobrepor à desconfiança da comunidade afro-americana, hostil a intervenções diretas no continente negro, e fazer esquecer o ambíguo passado marxista do próprio Savimbi. Numa visita triunfal a Washington, Savimbi foi apresentado por seus apoiadores como um herói da democracia e um campeão dos direitos humanos, obtendo um apoio irrestrito por parte da administração Reagan. Esse apoio foi se enfraquecendo gradualmente com o fim da Guerra Fria. A retirada das forças cubanas da África, mas também os longos anos de guerra civil em Angola são em grande parte fruto da eficaz ação lobbista do escritório de advocacia Black e Manfort.

Muitos exemplos poderiam ser citados: o extraordinário *lobby* dos exilados cubanos em Miami, cuja sólida pressão exercida sobre o Congresso foi determinante para o embargo econômico a Cuba, que, sem ela, provavelmente, jamais teria existido ou teria cessado há muito tempo. Ou a ação dos haitianos, através do grupo parlamentar afro-americano no Congresso, para o retorno ao Haiti do presidente Aristides, eleito em 1994 com o apoio militar americano. Ou muitíssimos outros.

A própria comunidade ítalo-americana, tradicionalmente avessa e relutante em intervir com posições de destaque na vida política americana, sobretudo na esfera das relações internacionais, fortaleceu-se nos últimos anos, na esteira de outros grupos étnicos, indo diretamente a campo. A ocasião foi dada, como geralmente acontece nos grupos étnicos minoritários, pela percepção de uma discriminação; mas desta vez não de uma discriminação em prejuízo de alguns indivíduos daquela comunidade, mas em prejuízo da própria Itália. No decorrer do controverso debate nas Nações Unidas sobre o problema da ampliação do Conselho de Segurança, diante da proposta americana de atribuir novas cadeiras permanentes à Alemanha e ao Japão e também a alguns países em via de desenvolvimento (como México, Brasil, Argentina, Índia, Paquistão, Indonésia, Egito, Nigéria, África do Sul, em rodízio entre si), a comunidade ítalo-americana, através do *lobby* da sua organização mais representativa, a NIAF [National Italian American Foundation], não só mobilizou o grupo de parlamentares de origem italiana, contando com o peso de quase trinta membros, como desencadeou uma ação minuciosa, fazendo com que dezenas de milhares de faxes de protesto chegassem à Casa Branca. O episódio também é significativo no plano geral. Indica, com efeito, que um grupo étnico que tradicionalmente busca realizar uma política de integração, e que sempre procurou mais anular que ressaltar a própria diversidade em relação à cultura dominante, passa a identificar alguns interesses próprios na esfera da política externa a ponto de apoiar a linha de um governo estrangeiro, em contraposição à do governo americano, caso considere que tais interesses tenham sido afetados.

A ação empreendida pelas minorias étnicas e religiosas para orientar a seu favor a política externa nacional é o exemplo extremo e mais visível de que a sociedade civil está se fragmentando e que tal fragmentação incide sobre as escolhas da política externa e sobre as funções da diplomacia. Mas outros grupos fazem ouvir sua voz ainda mais forte e de forma crescente. Em 1971, quando Henry Kissinger planejou a abertura dos Estados Unidos à China, que se concretizou no ano seguinte na famosa viagem de Nixon a Pequim (uma iniciativa que Kissinger, passados quase trinta anos, ainda considera como o maior sucesso do seu mandato na Casa Branca), teve que superar resistências de caráter político e ideológico internas à administração; mas conseguiu inverter uma linha de fechamento e de hostilidade que durava ininterruptamente desde que Mao Tsé-tung tomara o poder e o fez praticamente sem consultar ninguém além do presidente e de um círculo restrito de colaboradores (e, surpreendentemente, André Malraux, cujas credenciais, no que diz respeito à China, vinham do fato de tê-la conhecido na época de Sun Yan-sen e de ter ali ambientado *La condition humaine*). É fácil imaginar quanta oposição teria encontrado a iniciativa de normalizar as relações com o grande país asiático quando ainda era viva a lembrança da revolução cultural, se na ocasião existisse na América um movimento em defesa dos direitos humanos com a força daquele que condiciona hoje o desenvolvimento das relações entre os dois países.

Os efeitos que os grandes movimentos de opinião exercem sobre as relações entre Estados são tão evidentes que não vale a pena ir além de uma análise de caráter geral: tanto a Anistia Internacional ou as associações para a luta contra as armas de destruição em massa ou contra as minas anti-homem, quanto os *lobbies* ambientalistas ou os contrários à pena de morte têm sobre a política externa um impacto muito superior ao número dos seus defensores ou aos votos que os partidos que os representam obtêm nas consultas eleitorais. Nos países da Europa setentrional, sobretudo nos países escandinavos que não têm objetivos nacionais específicos a conquistar a não ser a segurança, a política externa não apenas é influenciada pelos movimentos de opinião em matéria ambiental e de direitos civis, mas chega a ser guiada por eles. Isso tudo não nasceu hoje, e o resultado da guerra do Vietnã está aí para nos lembrar; mas atualmente esses movimentos se multiplicaram em número e adquiriram uma força que antes não possuíam. Mesmo na Itália, onde a opinião pública raramente é sensível aos temas de política externa que não tenham um conteúdo ideológico e não sejam referentes a questões de princípio, um componente exíguo da maioria condicionou, em 1996, o voto italiano nas Nações Unidas sobre os experimentos nucleares franceses no Pacífico, provocando uma séria ruptura nas relações entre os dois países, dissolvida, mais tarde, numa atmosfera de desconfiança que se prolongou até o advento de um governo socialista em Paris.

Integração e globalização

Quanto mais fragmentária e desagregada a realidade que nos circunda, mais gostamos de acreditar que ela é dominada por uma grande força unificante superior. Duas tendências coexistem em nossa época: a tendência à fragmentação e à desagregação das entidades estatais, cuja voz é perturbada profundamente por organizações, grupos, movimentos e *lobbies*, e a tendência à integração dos próprios Estados em sistemas jurídicos ou organizativos mais vastos, que os superam. De um lado, um trem carregado de beterrabas que parte de um centro agrícola próximo de Vilnius para ir a uma fábrica de açúcar perto de Tallinn demora mais ou menos o dobro do tempo que demorava quando os países bálticos faziam parte da União Soviética, devido à existência de duas passagens de fronteira – entre Lituânia e Letônia e entre Letônia e Estônia – que hoje se sucedem ao longo da viagem; de outro lado, Lituânia, Letônia e Estônia aspiram, todas as três, a entrar na União Européia (e também na União econômica e monetária) que levará esses países a abolir, para fins de tráfego de mercadorias e de pessoas, as fronteiras que eles próprios criaram.

No momento atual, o processo de fragmentação que vimos é acompanhado por um processo de integração e globalização, que é uma característica única – mesmo na sua indeterminação – do nosso tempo. Ambos têm reflexos profundos sobre a vida das relações internacionais e sobre quem é chamado a nelas atuar. O processo de fragmentação multiplica os centros de interesse e, com isso, multiplica as vozes no concerto internacional e obriga a diplomacia a caminhos mais complexos e mais tortuosos. O processo de globalização move numa esfera mais vasta a disciplina das atividades humanas de ordem tecnológica e econômica, mas depois chama os Estados a exercer sobre essas novas fronteiras, diretamente ou através de organizações destinadas a isso, as suas atividades de vigilância, de controle e, se necessário, de repressão. É possível que ambos os fenômenos tenham uma raiz comum na perda gradual de eficácia da autoridade estatal: de um lado, os Estados perdem poder em relação ao interior – em favor das autonomias locais ou dos grupos de pressão – e, de outro lado, em relação ao exterior, em favor de organizações supranacionais ou também, mais simplesmente, em favor de entidades econômicas que interagem entre si como se a dimensão estatal não existisse.

O termo "globalização" e os termos afins como "mundialização" ou "integração econômica" ou outros mais criativos e metafóricos como "aldeia global", hoje amplamente utilizados, são na verdade enganosos. De fato, eles são aplicados indiferentemente, quer se fale do aumento progressivo do grau de internacionalização da economia, quer se trate de mudanças de ordem cultural que atingem produtores e consumidores, decorrentes da aceleração das tecnologias dos sistemas de comunicação. Mas podem ser aplicados a qualquer outro fenômeno que ultrapasse as fronteiras antes controladas pelos Estados nacionais e que hoje os Estados, por opção ou por impossibilidade, renunciaram a vigiar. Ou melhor, que os Estados renunciaram a vigiar dentro dos limites tradicionais, mas que na maioria das vezes são chamados a corrigir, ou a proteger, no quadro mais vasto constituído pela dimensão mundial assumida por aqueles fenômenos.

No significado que afeta mais diretamente a vida das relações internacionais, "globalização" é conseqüência da "desregulamentação", expressão pesada que traduz literalmente – sem a mesma força – o termo *deregulation*, de memória reaganiana e thatcheriana. Com a *deregulation*, os Estados privam-se dos seus meios de intervenção: privam-se do poder de controlar os movimentos de capitais, as exportações, as importações, os investimentos para o exterior, o nível das participações acionárias, e assim por diante. Uma abertura completa dos mercados de bens e capitais implica, todavia, a fixação de regras internacionais de conduta. A criação da Organização Mundial do Comércio está aí para demonstrar.

A rigor, não se trata tanto de desregulamentação quanto de um deslocamento das regras do nível nacional para o nível internacional. As regras internacionais devem também ser negociadas: viu-se, precisamente na difícil negociação que levou à criação da Organização Mundial do Comércio, o quanto persiste, mesmo em plena era global, a vontade dos Estados de proteger de imediato os seus interesses preeminentes ou de garantir cláusulas de salvaguarda para o futuro.

Entre os defensores mais ativos da criação da Organização Mundial do Comércio, isto é, de um conjunto de prescrições que vinculam os Estados à liberdade de comércio e impedem o recurso a práticas autárquicas e protecionistas, estão sem dúvida os Estados Unidos. A liberdade de comércio constitui para eles, assim como para a Grã-Bretanha, para a Holanda ou para outros países de raízes mercantis históricas, um objetivo perseguido com obstinação no plano internacional e um dogma no plano conceitual.

Contudo, os Estados Unidos foram muito mais prudentes quando se tratou de estabelecer mecanismos destinados a reprimir as violações às regras recém-sancionadas e a resolver as controvérsias nessa matéria: e esse também é um dado característico da política externa americana, que tende a reservar para si o poder último de decidir o que é ou não é justo no plano internacional. O fato é que entre as primeiras violações clamorosas das regras da Organização Mundial do Comércio estava justamente a aprovação, por parte do Congresso americano, de algumas leis destinadas a proibir as relações comerciais com Cuba e a limitá-las em relação à Líbia e ao Irã, através de represálias específicas às empresas estrangeiras públicas ou privadas que não se adequassem a elas; isto é, leis que não apenas contradizem o espírito da liberdade de comércio, mas introduzem um critério de extraterritorialidade da legislação americana totalmente desconhecido em tempos modernos. Um longo processo internacional que visa subtrair as matérias do comércio à discricionariedade dos Estados e, portanto, a rigor, limitar a ação de seus agentes diplomáticos, deu lugar, apenas concluindo, a um complexo confronto entre Estados Unidos e Europa no terreno diplomático e a uma atividade intensa das suas diplomacias.

Pelo que se pode prever – mesmo supondo uma OMC que funcione perfeitamente e que pouco a pouco amplie o seu campo de ação –, não faltam outros motivos para a intervenção dos Estados Unidos nesse mecanismo: por exemplo, sobre o tema dos direitos dos trabalhadores, um assunto que vê um contraste fisiológico entre países com alto nível de vida e países em via de desenvolvimento; ou sobre o da liberalização do mercado de serviços, em que o contraste divide os produtores de serviços dos seus consumidores. Existe, ainda, o fenômeno dos espaços econômicos regionais que se formaram paralelamente ao processo de internacionalização da economia: União Européia, Mercosul, Nafta, Apec, para citar os mais estruturados. Não se sabe ao certo se essas organizações irão influir em sentido positivo na globalização e constituirão uma fase de transição rumo a sistemas mundiais de mercado ou, ao contrário, se irão representar um obstáculo à globalização completa dos mercados, revelando-se substancialmente apenas formas evolutivas das velhas soberanias estatais que se reproduzem em escala ampliada, mas não com características diferentes.

Mesmo com essas reservas, o fenômeno da globalização da economia e das tecnologias constitui um elemento central na ordem da vida internacional e, portanto, no exercício da diplomacia. Já a multiplicação dos sujeitos que intervêm hoje em qualquer operação econômica de relevo impõe uma atividade de consultoria e de assistência – sobretudo naqueles países que, como a Itália, têm uma larga presença de pequenos e médios operadores econômicos hesitantes em intervir sozinhos nos mercados globais – que, no estado atual, pode, em boa parte, ser desenvolvida pelos Estados ou impulsionada por estes. Uma importante operação de importação-exportação que, há algumas dezenas de anos, podia desenvolver-se entre os operadores de apenas dois países – o vendedor e a seguradora italiana e, suponhamos, o importador e o seu financiador argentino – muito provavelmente terá hoje a intervenção de sujeitos econômicos diferentes (empresas, bancos, escritórios, mercados financeiros, sistemas promocionais) provenientes de vários países: o financiamento poderá ser obtido no mercado de capitais de Tóquio, as seguradoras serão inglesas ou americanas, poderá ser constituída, na Argentina ou no Uruguai, uma sociedade para a distribuição daquele produto com participação de acionistas de um terceiro país, e assim por diante.

O crescimento vertiginoso do comércio mundial ocorrido nos últimos vinte anos e o correspondente, quase igualmente vertiginoso, crescimento dos investimentos dirigidos ao exterior tornaram-se possíveis pelo emprego de instrumentos econômicos muito mais sofisticados que antes, e essa sofisticação maior requer uma diplomacia econômica igualmente sofisticada por parte de todos os que não querem ficar alheios a tal processo. As relações econômicas internacionais mostram-se cada vez mais claramente um sistema "multipolar" em que o poder é subdividido entre vários países e em que as decisões de política econômica são descentralizadas, mas se influenciam reciprocamente. Na base desse sistema continuam a existir, todavia, sistemas produtivos nacionais; os governos respondem aos parlamentos e à opinião pública sobre o andamento da economia dos seus países, e as trocas internacionais e os fluxos de capitais incidem diretamente em tais economias. A globalização não só não exime o Estado de intervir no interior e no exterior como suporte dos respectivos sistemas produtivos mas, ao contrário, amplia tais necessidades.

A diplomacia econômica na era global

Isso pode parecer uma contradição: a globalização dos mercados deveria, com efeito, assinalar a eliminação gradual de todas aquelas formas de intervenção e de apoio que agem em favor deste ou daquele sujeito e que, portanto, distorcem a concorrência. Mas o contrário também é verdadeiro, isto é, a concorrência já é, no momento atual, imperfeita; aliás, o processo de liberalização ameaça, em qualquer caso e em qualquer medida, distorcê-la ulteriormente, favorecendo, por exemplo, a formação de oligopólios, retirando do mercado empresas fundamentalmente saudáveis e com perspectivas de crescimento em razão da vantagem oferecida por posições dominantes ou de economia de escala. Se visa corrigir tais imperfeições, a intervenção do Estado é teoricamente legítima: que isso depois ocorra na prática é demonstrado pelo fato de que nenhum país, industrializado ou em via de desenvolvimento, grande ou pequeno, nem mesmo o que sempre defendeu a liberalização dos mercados, renuncia a usar instrumentos de incentivo.

Aparelhar um sistema econômico contra os desafios e riscos da globalização não é, evidentemente, responsabilidade exclusiva do Estado, e muito menos responsabilidade precípua dos órgãos que gerenciam a política externa, isto é, da diplomacia. É, prioritariamente, tarefa das empresas, que devem visar a uma competitividade que não se baseie – como em larga medida aconteceu até agora na Itália – na desvalorização competitiva da moeda, e dos bancos, que devem desenvolver novos produtos e assumir uma cota maior de riscos. Mas o suporte ao processo de internacionalização é uma tarefa importante para a qual o Estado pode contribuir não só fornecendo uma melhor articulação dos instrumentos clássicos de intervenção, constituídos de coberturas assecuratórias e de crédito para a exportação, mas também participando da formação de uma estratégia política industrial e fornecendo a contribuição informativa e de suporte da própria rede diplomática e consular e de promoção comercial. Uma diplomacia econômica adequadamente formada e aparelhada constitui uma exigência prioritária de um Estado moderno: se não estivesse em condições de se transformar a fim de responder a essa exigência, a profissão diplomática seria gradualmente substituída por outras profissões mais adequadas ao objetivo.

Não há dúvida de que esse é o pensamento dos operadores econômicos. Num simpósio realizado pela Escola de Diplomacia da Georgetown University de Washington sobre o papel das embaixadas no apoio ao comércio internacional, cerca de quinze empresários americanos – dentre eles alguns dirigentes de empresas multinacionais – foram unânimes em desejar uma ação mais incisiva por parte dos agentes diplomáticos em apoiar o *business* americano. É preciso acrescentar que todos, com uma única exceção, afirmaram que a promoção dos interesses econômicos não constituía normalmente uma preocupação prioritária da diplomacia americana e que embaixadas de países como Alemanha, Japão, França e Itália (*sic!*) superavam de longe as embaixadas dos Estados Unidos em disponibilidade, senso de oportunidade e eficácia. É provável que, se o mesmo simpósio tivesse sido realizado entre empresários alemães ou, mais ainda, empresários italianos, as representações diplomáticas americanas é que teriam sido indicadas como modelo, mas isso é característico da natureza humana. A convicção de que os instrumentos da política externa, especialmente as representações diplomáticas e consulares, devem ser postos sobretudo a serviço dos interesses econômicos nacionais não se atenuou com a globalização.

Paralelamente à internacionalização da vida econômica e com a maior importância que comércio externo e investimentos *cross borders* assumem na formação da riqueza, a política externa orientou-se cada vez mais para coordenadas de ordem econômica. Essa tendência não é de hoje, naturalmente, mas acentuou-se visivelmente a partir do conflito árabe-israelense de 1973 e do conseqüente embargo árabe às exportações de petróleo. Este último demonstrou claramente que a segurança dos Estados – e sobretudo dos Estados altamente industrializados – está ligada não só a fatores político-militares mas, ao menos em igual medida, a fatores de ordem econômica, em particular ao acesso às fontes de energia. Por sua vez, os acontecimentos dos anos 1989-91 assinalaram uma diminuição das preocupações relativas à segurança e, embora não as tenham eliminado, fizeram recuar para segundo plano a hipótese de conflitos nucleares ou, ainda, de um conflito em ampla escala na Europa. Livre dos condicionamentos impostos pelas escolhas em matéria de segurança e, em boa parte, desembaraçada das escolhas ideológicas pelo colapso do comunismo, a política externa não pode deixar de sentir a ampla predominância de interesses econômicos. Para dar um único exemplo: a abertura de Nixon à China, em 1973, passando por cima da revolução cultural e dos seus desvarios, era motivada por razões de caráter essencialmente político; a abertura à China de hoje por parte dos Estados Unidos e de muitos países ocidentais, passando por cima de Tien An Men e de tudo o que isso representa, é motivada por razões de caráter essencialmente econômico. A *Realpolitik* de hoje tem quase sempre um fundamento econômico.

Entre esses dois pólos, a fragmentação e a globalização, move-se, na era subseqüente à bipolarização, a diplomacia; de um lado, instada a ver grande, a perseguir as metas da integração num mundo sem fronteiras, em que idéias, homens, capitais e coisas se movem livremente. Como vimos, os obstáculos são muitos, mas o vento dos negócios sopra nessa direção. Por outro lado, instada a ver pequeno, a se fazer intérprete de interesses setoriais, muitas vezes de caráter conservador e ligados ao território, mas outras vezes também ambiciosos e iluminados.

No debate "euro sim/euro não" em curso na Grã-Bretanha, vê grande, não por acaso, o mundo dos negócios e das finanças; vêem pequeno as classes burguesas e pequeno-burguesas. O governo acolhe ambas as tendências contrastantes e tenta conciliá-las. Há na história muitos exemplos de sociedades que se dividem entre grandes idéias unificadoras e tendências particularistas. Na época das comunas, em Siena, pensava-se e agia-se diferentemente do que em Arezzo e, em Arezzo, diferentemente de Cortona; mas tanto em Siena como em Arezzo e em Cortona as ferozes rivalidades comunais conciliavam-se idealmente com a dimensão global do papado ou do império. Não foi nem intelectual nem materialmente a era mais pobre da nossa história.

Capítulo 4

O secreto e o público em política externa

Nenhuma tendência da sociedade de hoje, nem a predominância de interesses setoriais e particulares que vimos desenvolver-se paralelamente ao declínio das ideologias, nem os processos de integração econômica e de cooperação política encaminhados sob bases regionais nas últimas décadas, teve sobre o exercício da diplomacia um efeito comparável ao da dimensão pública que a política externa assumiu do fim do primeiro conflito mundial até hoje. No plano conceitual, a necessidade de as relações entre Estados se tornarem públicas e os pactos internacionais tão evidentes quanto as leis internas foi peremptoriamente afirmada por Wilson em 1918. Na realidade, nem a conferência de paz de Paris presidida por Wilson nem as relações internacionais no seu conjunto, durante o período de vinte anos entre as duas guerras, inspiraram-se em critérios de transparência. O princípio que parecia inovador contudo, na época de Wilson, passou a integrar uma tendência geralmente aceita e, em regra, um acordo público é – como disse Abba Eban, um dos protagonistas de Camp David – melhor que um acordo secreto. Ao apresentar suas teses, Wilson tinha em mente essencialmente o Congresso – que depois, ingratamente, o abandonou em seu propósito mais ambicioso. Ora, não resta dúvida de que os verdadeiros protagonistas dessa dimensão pública são justamente as instituições parlamentares. Uma análise da sua influência na política externa, se se desejasse fazê-la, teria dimensões enciclopédicas, porque em cada país existe um equilíbrio diferente entre executivo e legislativo e cada Parlamento tem um grau diferente de sensibilidade aos problemas de política externa. Essa sensibilidade varia de acordo com as áreas geográficas interessadas e, de qualquer modo, está sujeita a mudanças no tempo.

Numa democracia parlamentar como a italiana ou a inglesa, as linhas fundamentais das relações internacionais não são acordadas com o Parlamento, mas inspiradas por ele. Quanto à ação diplomática, o governo manifesta-se sobre ela por ocasião dos grandes acontecimentos internacionais e, não obstante, com freqüência. No que se refere aos temas específicos, as comissões parlamentares, quando consideram oportuno, dispõem do instrumento das pesquisas que, com um termo inadequado, chamados de "cognoscitivas" (é difícil imaginar que outro objetivo poderia ter uma pesquisa se não o de conhecer), e em inglês, mais apropriadamente, *hearings*, abrangendo não só responsáveis políticos, mas também diplomatas e expoentes da burocracia. Quaisquer que sejam as mudanças de ordem constitucional que aguardam a Itália, provavelmente o papel exercido pelo Parlamento na programação e na condução da política externa não só não diminuirá, mas tenderá a aumentar.

Mesmo em países com um executivo forte, como os Estados Unidos, a vontade política do governo não pode deixar de considerar as indicações provenientes do Congresso, e são raros os casos – e esses poucos vinculados a situações de crise ou de emergência – em que o chefe do executivo as tenha contradito abertamente. Em todo caso, o governo deve submeter-se ao legislador para os aspectos financeiros: e não são muitas as opções de política externa em que as questões de orçamento não exerçam um papel relevante.

O Parlamento não apenas se manifesta, mas ouve. Ouve, talvez mais do que o executivo, as vozes de todos os que intervêm para orientar o processo de decisão em política externa. As forças políticas, em primeiro lugar; mas também os grupos de pressão internos, a oposição no exterior, sobretudo quando um regime despótico está no poder, os movimentos de opinião, as organizações não-governamentais, os centros de pesquisa, as universidades, as instituições e as autoridades locais, e assim por diante.

A política externa do governo deve levar em conta essa multiplicidade de sujeitos, seja para conhecer-lhes as instâncias ao realizar as escolhas, seja para associar, quando possível, as ações desses sujeitos à própria. As possibilidades de sucesso de uma iniciativa diplomática são diretamente proporcionais ao grau de consenso que ela reúne e ao nível de consciência que os ambientes internacionais têm desse consenso. Tomando novamente como exemplo a ação diplomática conduzida pela Itália sobre o tema do Conselho de Segurança das Nações Unidas (uma longa batalha que, embora não possa ser considerada encerrada no momento em que escrevemos, com certeza marcou pontos importantes a nosso favor), ela adquiriu consideração e peso quer entre os amigos, quer entre os adversários, a partir do momento em que a ação do Ministério do Exterior e da representação italiana em Nova York foi corroborada por uma linguagem paralela e igualmente precisa mantida pelas forças políticas no Parlamento e pelos altos cargos institucionais: somente naquele momento a atitude italiana assumiu o caráter de uma posição autenticamente nacional e não, como inicialmente se interpretou, o caráter de uma ação de retaguarda empreendida por honra à bandeira. A dimensão pública que a política externa adquiriu atualmente comporta, antes de tudo, esta conseqüência: o resultado depende não só das iniciativas encaminhadas no plano internacional, mas sobretudo do grau de apoio que a escolha que as motivou tem no plano interno. No momento em que a comunidade internacional depara com uma posição que tem raízes sólidas e indiscutíveis no país que a coloca em discussão, pode-se dizer que metade do caminho (e geralmente não é a metade mais fácil) já foi percorrida.

Diplomacia aberta

Voltando à tese de Wilson a respeito da absoluta transparência e publicidade da ação diplomática ("*open covenants of peace, openly arrived at...*", "*no private international understanding of any kind*" – "instrumentos de paz abertos aos quais se chega abertamente", e "nenhum acordo internacional confidencial de nenhum gênero"), tudo isso parece implicar que o governo não deveria ocultar nada, em momento algum, do Parlamento e da opinião pública no que concerne à sua atividade internacional. O próprio Wilson admitiu depois, publicamente, que, naqueles termos, sua tese era exagerada. E, se hoje em alguma parte, na Itália ou em outro lugar, se invoca uma publicidade total e irrestrita para toda fase da atividade diplomática, os que praticam as relações internacionais têm consciência de que, seja qual for o peso político e a esfera de interesses do país considerado, uma transparência absoluta não é viável nem desejável. Antes de tudo, porque geralmente é a parte contrária que exige reserva por motivos relacionados a sua esfera interna e que outros não têm condições de julgar; renunciar por princípio à obrigação de reserva significa, na prática, renunciar a qualquer possibilidade de diálogo. Além disso, uma iniciativa internacional é, em regra, precedida de uma fase de sondagens para averiguar sua viabilidade, para saber as reações que pode suscitar, para eventualmente criar ao seu redor uma área de consenso, antes de assumir forma definitiva. Trata-se de uma ação desenvolvida normalmente através das embaixadas, que não prejudica a opção definitiva que cabe, em muitos casos, à esfera política. Atribuir-lhe já nas fases preliminares caráter público significa antecipar decisões que ainda não foram tomadas e que, para serem tomadas, exigem considerações ulteriores. Em matéria de publicidade das relações internacionais afirmou-se que, enquanto o resultado da ação deve ser público, a negociação entabulada pode, e em muitos casos deve, ser confidencial. Foi o que ocorreu em vários processos de negociação realizados ainda em anos recentes; os acordos de Oslo entre israelenses e palestinos, por exemplo, em que se confiou à Noruega (o mais improvável dos interlocutores num processo de paz no Oriente Médio) a tarefa de receber reservadamente os negociadores e ser o mediador, se necessário; ou os acordos de Dayton, cuja fase conclusiva se desenrolou a portas tão fechadas entre Estados Unidos, Rússia e os três componentes étnicos da Bósnia, que até mesmo os outros membros do grupo de contato, França, Grã-Bretanha e Alemanha (a Itália só participou depois), foram deixados à margem pelo autoritário mediador americano, Holbrooke, nos momentos mais delicados da negociação.

Um certo grau de confidencialidade é necessário na vida das relações internacionais do mesmo modo que a existência de serviços secretos é necessária para a segurança de um país. Sempre houve e sempre haverá quem se oponha tanto a uma quanto aos outros. O problema é manter ambos nos restritos limites da legitimidade constitucional e das exigências funcionais do Estado que, por estar destinado a garantir aos próprios cidadãos o máximo grau de segurança, deve, portanto, proteger o mais possível os seus interesses em âmbito internacional.

Talvez pela convicção consolidada de que os problemas de forma e os problemas de conteúdo são equivalentes, quando não idênticos, ou talvez por um culto excessivo das tradições e da memória, os diplomatas tendem a dar à confidencialidade e à discrição uma importância que os problemas por eles tratados nem sempre merecem. Essa tendência atualmente está se atenuando. E é bom que seja assim porque, a partir do momento em que a política externa não escapa ao controle da opinião pública, é preferível que os fatos que estão na sua base sejam esclarecidos da melhor maneira possível.

Em nenhum país como na Itália as relações com os meios de informação constituem um domínio reservado da classe política. Um pouco, como se disse, por abdicação voluntária e um pouco por uma antiga e nem sempre injustificada desconfiança dos profissionais da política para com os profissionais da diplomacia, os comentários sobre os acontecimentos internacionais são quase sempre deixados ao ministro em exercício e aos seus subsecretários. Não é o que ocorre nos Estados Unidos, onde as intervenções diretas do secretário de Estado nos meios de comunicação são relativamente infreqüentes e a maior parte das comunicações é deixada ao porta-voz ou a altos funcionários. O mesmo acontece na Grã-Bretanha e em algumas outras democracias ocidentais. Em decorrência disso, a opinião pública italiana, que já acompanha com pouca atenção o que acontece no mundo e tende muitas vezes a canalizar para uma Europa mítica a tarefa de se ocupar de tais acontecimentos, confunde ainda mais a política interna com a política externa, esquecendo-se de que, se a primeira condiciona em parte a segunda, as duas não coincidem de modo algum.

O papel da mídia

A evolução que gradualmente transformou a diplomacia de atividade secreta em atividade pública é, em primeiro lugar, obra dos meios de informação e do papel que eles pouco a pouco passaram a desempenhar na vida contemporânea, não só como fornecedores de notícias, mas também como fonte de análises e de sugestão de idéias. A diferença entre essas duas funções distintas foi justamente lembrada por Sergio Romano ao retomar alguns casos em que a atitude da imprensa teve um peso relevante nos acontecimentos de política externa. A primeira função é a dos testemunhos: um jornalista tem uma notícia de natureza confidencial e a torna pública. Que ele possa ou deva fazê-lo – como se afirmou mais de uma vez – é, no fundo, irrelevante: de fato, são raros os casos em que, por lealdade para com o informante, por patriotismo ou por outras razões, um jornalista se abstém de publicar uma notícia, cuja autenticidade tenha comprovado, por respeito ao caráter confidencial que ela possui. Cita-se muitas vezes o caso do presidente Kennedy que, em 1961, pediu ao correspondente do *New York Times* em Washington, Jim "Scotty" Reston, que tomara conhecimento no Pentágono do planejado desembarque na Baía dos Porcos, em Cuba, de abster-se de tornar pública a notícia, para não pôr em risco a vida dos soldados americanos envolvidos na ação. Reston, de fato, absteve-se de fazê-lo. A expedição foi um desastre, e a imagem do presidente ficou prejudicada, e não pouco. Depois, tanto Reston quanto alguns colaboradores íntimos de Kennedy lamentaram que um excesso de discrição tivesse impedido a imprensa de sufocar de imediato aquela desventurada iniciativa.

A imprensa americana foi bem mais explícita uma década depois, no tempo da Guerra do Vietnã. Não só foram publicados os "Vietnam Papers" e os relatórios confidenciais sobre os massacres de My Lai, mas os grandes jornais, a começar pelo próprio *New York Times*, assumiram de modo cada vez mais explícito uma atitude hostil à guerra, sobretudo após o ataque ao Camboja, fazendo-se intérpretes dos sentimentos de oposição à linha política da administração que já se propagavam na opinião pública.

Sem recuar muito no tempo, poder-se-iam multiplicar os exemplos da influência da imprensa sobre os eventos internacionais. É difícil extrair ensinamentos de caráter geral para além da constatação de que se trata de influências que se fazem cada vez mais visíveis e maciças, porque todo país tem sua própria cultura da informação e sua própria tradição jornalística, além de regras próprias para tudo o que diz respeito à disciplina jurídica do sigiloso e a publicação de notícias prejudiciais aos interesses do Estado. Com freqüência cada vez maior, sobretudo nos países em que notícias e comentários de política externa têm uma recepção maior que na Itália, a imprensa não se limita a relatar, mas intervém, através dos seus comentaristas mais influentes, em cada questão de política externa para apoiar ou atacar esta ou aquela linha política do governo. Nesse caso, a função do jornalista não se limita, evidentemente, apenas ao testemunho, mas tende a substituir a ação diplomática.

É difícil dizer de antemão as possíveis reações da imprensa a um acontecimento internacional. Algumas vezes elas contrariam as expectativas. Na longa e atribulada negociação do Tratado de Osimo, que pôs fim ao complexo conflito ítalo-iugoslavo, o governo italiano tomara as maiores precauções para garantir a sua confidencialidade, temendo que um vazamento antecipado de notícias suscitasse as reações das comunidades exiladas italianas e dálmatas e que estas fossem acolhidas pela direita, pondo em risco a iniciativa como um todo. Adotou-se uma série de precauções para confundir possíveis ações de infiltração por parte dos jornais, incluindo a adoção de pseudônimos para alguns negociadores e a escolha de lugares de encontro tão secretos que mais de um deixou de ocorrer. Não obstante, a imprensa conseguiu antecipar a notícia e o *Giornale d'Italia* publicou-a com vinte e quatro horas de antecedência da assinatura programada do Acordo. Mas, para surpresa geral, nada aconteceu. O que parecia, e de fato era, um episódio extremamente delicado da política externa italiana foi, senão ignorado, ao menos subestimado, e as queixas dos exilados encontraram pouca ressonância. Um acontecimento de cunho positivo, como o estabelecimento de um acordo que encerra, no interesse de dois países, uma fase histórica das suas relações, sempre suscita menos interesse que um episódio de cunho negativo. Até mesmo um fato dramático como a queda do muro de Berlim, em novembro de 1989, atraiu em outros lugares, excetuando-se a Alemanha, menos interesse que o previsto. As grandes televisões americanas, ABC, CBS e NBC, bem como a própria CNN, tiveram naquele mês um índice de audiência inferior ao de novembro do ano precedente.

A cobertura jornalística mais clamorosa de todos os tempos, que, se não se referiu diretamente à política externa, teve, todavia, efeitos profundos e duradouros sobre ela, foi provavelmente a reportagem de Bob Woodward sobre o caso Watergate. Woodward, que não era nem passou a ser um grande jornalista, esteve não só na origem das demissões daquele que, dentre todos os presidentes dos Estados Unidos, a partir de Rossevelt, mais seguiu e compreendeu a política externa, mas inaugurou um estilo de investigação sobre o poder e sobre os homens do poder que deixou marca no mundo todo. Ao contrário de Watergate, o escândalo Irã-contras, que poderia ter prejudicado a administração Reagan tanto quanto os artigos do *Washington Post* foram fatais a Nixon, demorou a decolar e nem a imprensa americana nem a imprensa internacional jamais pareceram se interessar realmente por ele. Talvez isso se explique pela imagem carismática de Reagan, que representou para a imprensa e para a opinião pública do seu país o protótipo do homem simples, que tem na retidão moral, na força física e na capacidade de comunicação suas características dominantes. Certamente é singular que, só depois das referências detalhadas de um jornal libanês, a grande imprensa tenha se dado conta de uma intriga internacional de grandes proporções que tinha todos os elementos para ser a "sensação" do século e havia tempo já era alvo de comentários nos salões de Washington.

No interior da notícia de política internacional que, em princípio, atrai menos o público que uma notícia de política interna (no mínimo porque está mais familiarizado com os protagonistas de uma que com os da outra), a imprensa tende a ressaltar – se já existem – ou a revelar – se ainda não são de conhecimento público – elementos relacionados a temas aos quais a opinião pública demonstrou ser sensível: violações do direito, comportamentos criminosos e sua influência sobre os fatos políticos; ou os efeitos ambientais de decisões ou orientações internacionais; ou casos pessoais, bastidores da esfera privada, e assim por diante. Desse modo, a atenção da opinião pública desloca-se do evento principal ao evento acessório; e é freqüente que este último se torne, por sua vez, uma notícia principal que gera outras e em torno da qual nasce um "caso". O fenômeno dos meios de comunicação de massa que comentam a si próprios e constroem uma realidade virtual que toma o lugar da outra é típico de uma época em que, em razão da quantidade e da grande acessibilidade de informações, estas últimas só conseguem atravessar a espessa camada de notícias de interesse médio que circunda os espectadores com o auxílio de vistosos elementos acessórios ("culinários", diria Bertolt Brecht) para atrair a sua atenção.

A facilidade com que um fato é transformado no decorrer das diferentes etapas que atravessa na mídia é um elemento que dificulta ainda mais a já não fácil relação entre meios de informação e diplomacia. Em 1989, um navio italiano dirigiu-se a um porto nigeriano para retirar a céu aberto uma carga de resíduos tóxicos e transportá-la para a Grã-Bretanha para ser entregue a uma empresa equipada com incineradores especiais. Era uma operação puramente comercial como centenas que ocorrem em toda parte do globo. O jornal *Guardian*, de posse da notícia antes da chegada do navio em águas britânicas, lançou uma campanha na imprensa destinada a impedir que os resíduos tóxicos provenientes de outros países fossem eliminados na Inglaterra. O navio, proibido de ingressar nos portos do Reino Unido, ancorou em águas internacionais, e isso se tornou um caso. Depois de negociações inúteis com outros países, desviou de rota para Gênova, onde os resíduos foram despachados, certamente com maiores riscos ambientais do que se a operação tivesse ocorrido na Grã-Bretanha. Nesse meio tempo, o episódio percorrera o mundo e um enxame de fotógrafos registrara o navio, seu capitão e também o depósito nigeriano do qual provinha o carregamento. Nele foram encontrados, entre sucatas e materiais de todo gênero, alguns contêineres vazios com os dizeres "Doação da cooperação italiana". A imprensa suspeitou de um conluio entre a Itália e a Nigéria, e isso deu origem, em primeiro lugar, a um novo caso jornalístico e, depois, a uma séria controvérsia entre os dois países. A Itália suspendeu os próprios programas de cooperação; em retaliação, as autoridades nigerianas bloquearam navios italianos nos seus portos: o caso só foi solucionado após uma difícil negociação e não sem prejuízos econômicos para ambas as partes pelo prolongamento de um conflito que – como depois se viu – não tinha nenhuma base real.

Evidentemente, o mesmo fenômeno ocorreu em torno de episódios relativos mais à esfera doméstica que à internacional: em tal caso, eles não abrangem Estados, mas instituições, partidos políticos, empresas ou outros atores da vida nacional. A razão pela qual distorções no âmbito internacional se produzem talvez mais freqüentemente, e com efeitos mais graves, que no âmbito interno é mais uma vez a da dificuldade de a opinião pública perceber as proporções de um fato situado além da esfera das coisas conhecidas. Quando houve uma onda inesperada de clandestinos curdos nas costas italianas entre 1997 e 1998, a reação da imprensa, acolhida de imediato pelo público, atribuiu o êxodo à luta entre as facções pró-iraquianas e pró-iranianas no norte do Iraque e, mais ainda, à repressão turca à nação curda. Conhecendo do

Iraque e da Turquia somente aquilo que é notícia, isto é, o terrorismo do PKK e a sua repressão, as condições das prisões e a crueldade de Saddam Hussein, a opinião pública não se deu conta de que não só os curdos, mas também os turcos – isto é, os supostos opressores –, emigravam (tanto que no final de 1997 havia na Alemanha cerca de dois milhões e meio deles); que se, dentre eles, os curdos eram numerosos, era por habitarem regiões pobres, desprovidas de infra-estruturas e de oportunidades de trabalho e, portanto, zonas clássicas de emigração. E isso certamente pode ser imputado ao governo de Ankara, que nunca privilegiou as regiões curdas nos seus programas de desenvolvimento; mas uma coisa é reconhecer as responsabilidades turcas em matéria de progresso social e de direitos humanos, outra é imaginar o êxodo bíblico de um povo inteiro em fuga em face dos opressores e conceder (ou fingir conceder) totalmente a esse povo um direito fictício de asilo como imprudentemente se disse. Um movimento maciço de emigração surge mais freqüentemente da busca de melhores condições de vida do ponto de vista econômico do que do desejo de liberdade ou de outras causas ideais próximas ou remotas. É desagradável e complexo falar disso. Conceitos como terror, guerras e perseguições, por sua vez, dispensam comentários e se explicam sozinhos.

Talvez a influência da mídia tenha sido ainda mais evidente na evolução da crise da Bósnia entre 1992 e 1995. Ante o colapso do sistema iugoslavo, a opinião pública dos Estados Unidos inicialmente reagiu com um sentimento de relativa indiferença: num certo sentido, o evento era esperado, as comunidades imigradas das repúblicas iugoslavas presentes nos Estados Unidos eram relativamente pouco numerosas e pouco influentes e na administração, no Congresso e entre os *opinion makers* prevalecia o entendimento de que tudo se resumia a uma questão da qual os europeus deveriam se desincumbir sozinhos. O início da crise e a ação dos mediadores designados, a perplexidade de Peter Carrington, a arrogância de David Owen e as renúncias de Cyrus Vance corroboraram esse sentimento. Quando na Bósnia a luta entre as três etnias tornou-se mais sangrenta, houve nos órgãos de informação americanos uma acentuada e inesperada tomada de posição de apoio total aos muçulmanos. Embora sendo maioria numérica, os bósnios, diferentemente dos croatas que se apoiavam em Zagabria e dos servo-bósnios que recebiam armas e ajuda de Belgrado, não tinham nenhum protetor e, sobretudo no início, foram das três comunidades a que mais sofreu. Crueldades e massacres foram cometidos também em prejuízo das outras etnias, mas foram quase ignorados. A campanha de denúncias contra a passividade européia e de mobilização da opinião pública americana para uma intervenção militar na Bósnia, diante do fracasso da missão Unprofor [United Nations Protection Force], foi conduzida com extraordinária veemência e com surpreendente concordância de pontos de vista pelos maiores jornais da América, do *New York Times* ao *Washignton Post*, do *Wall Street Journal* ao *Los Angeles Times*, através dos artigos dos seus melhores comentaristas. Foram sobretudo os grandes nomes judaicos da imprensa americana (William Sapphire, Ab Rosenthal, Morton Abramovitz) que conduziram a batalha em favor dos muçulmanos, num verdadeiro processo de identificação com uma minoria religiosa ameaçada de extermínio. Não é exagerado dizer que sem eles a intervenção americana – que envolveu a Otan e vários países, entre os quais a Itália – jamais teria ocorrido.

A importância cada vez maior do papel dos meios de comunicação de massa nos negócios internacionais está modificando profundamente a função diplomática e o próprio modo de fazer política externa. Não por acaso, ao final de uma reunião internacional, de uma conversa entre dois homens de Estado, alguém lança a pergunta ritual: "O que vamos dizer à imprensa?" Às vezes dedica-se mais tempo para ajustar a linguagem para a mídia que para tratar dos problemas substanciais. Em alguns casos há, num certo sentido, dois resultados paralelos do encontro: aquele que efetivamente surgiu do diálogo entre as partes e aquele que as partes decidiram transmitir aos de fora. No plano operacional, muitas vezes é esse segundo resultado que conta, porque é em torno dele que se colocarão as reações das forças políticas internas e dos outros países interessados. Mesmo no plano interno da formulação das linhas políticas em relação aos vários acontecimentos internacionais, o aspecto mediático tem uma importância preponderante. Num Ministério do Exterior, a redação de um comunicado para a imprensa exige mais cautela e, geralmente, é destinado a um nível decisional mais alto que a redação de uma nota verbal dirigida a uma embaixada estrangeira (que continua a ser o meio clássico de comunicar a um outro país a posição do governo acerca de um fato específico), ou a redação das instruções sobre o mesmo acontecimento a serem enviadas às próprias representações diplomáticas no exterior. A nota verbal é passível de ser corrigida, precisada e ampliada depois: em outras palavras, pode ser o ponto de partida de uma negociação, e geralmente é. O comunicado para a imprensa é definitivo: uma correção de tiro ou uma retificação comporta, inevitavelmente, um alto custo político.

A política da imagem

As considerações precedentes referem-se a todo meio de informação, quer se trate de imprensa cotidiana ou periódica, geral ou especializada, de informação escrita ou televisiva. Esta última requer, porém, um comentário à parte pelo papel decisivo que exerceu em alguns acontecimentos internacionais e pelas características particulares do seu impacto na opinião pública. A televisão, assim como a imprensa escrita, possui duas almas: a alma do testemunho, que relata tudo aquilo que vê (mas nem por isso é necessariamente imparcial, porque até o olho tem suas escolhas), e a alma do comentarista, que sugere, adverte e instiga. A essa segunda categoria pertencem os *talk-shows*, freqüentes nos Estados Unidos, na Grã-Bretanha ou na França, mais raros na Itália e raríssimos, portanto, aqueles sobre política externa. Certa vez, um dos maiores comentaristas políticos da televisão italiana entrevistou o ministro do Exterior. A entrevista durou cerca de 40 minutos e apenas os quatro minutos finais foram ocupados com uma pergunta sobre política externa e justamente com as respostas distraídas do ministro. A vocação italiana para o debate e para a polêmica chegou à televisão de forma marginal e de forma ainda mais marginal abordou temas concernentes à projeção externa da Itália, às suas escolhas e ao seu futuro. Curiosamente, a vaidade dos comentaristas não encontrou aí terreno para se alimentar. Por outro lado, há grandes nomes do jornalismo televisivo cujo papel nas decisões de política externa não foi menor que o dos grandes nomes da imprensa cotidiana: Christine Amanpour e o seu papel na intervenção da ONU e, depois, da Otan, na Bósnia, Jim Lehrer e Robert McNeil nos Estados Unidos e o seu trabalho de esclarecimento e garantia acerca da criação da área de livre-comércio no continente norte-americano ou, para retroceder no tempo, Bernard Levin na Grã-Bretanha à época dos "golden years", os anos imediatamente anteriores e posteriores ao ingresso do Reino Unido na Comunidade Européia. Poderíamos citar infinitos casos. As palavras dos comentaristas de televisão dirigem-se, em geral, menos à classe dirigente que à vasta opinião pública tomada no seu conjunto: a sua atitude, seja positiva ou crítica em relação ao governo, não é por isso menos importante e influencia a diplomacia indiretamente através dos movimentos de opinião que cria nos telespectadores.

Os formidáveis recursos da televisão em dar forma à política externa não surgem tanto da opinião dos comentaristas quanto da simples força das imagens. Em 1987, a exibição de uma série de imagens da guerra no Afeganistão num canal de televisão da União Soviética foi decisiva para consolidar no público soviético um profundo desagrado em relação àquela desventurada operação militar e, ao mesmo tempo, sinalizou ao exterior uma mudança ocorrida na política de Moscou. Os especialistas do Kremlim de Washington viram nela um sinal de que o Exército Vermelho deixaria bem depressa as posições mantidas por quase oito anos além das próprias fronteiras na Ásia central: e efetivamente foi o que ocorreu.

Dentre os acontecimentos internacionais ocorridos após o fim da Guerra Fria, a intervenção das Nações Unidas na Somália tem um significado particular: de fato, ela assinala o declínio da esperança da comunidade internacional de agir não somente para restabelecer o direito onde quer que um dos seus membros o tenha violado ou para prevenir eventuais violações futuras, mas também para reconstruir uma estrutura estatal desintegrada em decorrência de eventos externos ou de fatos internos. Essa era justamente a situação na Somália onde, após a queda do regime autoritário de Siad Barre e sua fuga do país, nenhuma das facções em que a sociedade somali se dividira parecia em condições de assumir o controle não só de todo o território, mas sequer da capital; tanto assim que, no final dos anos 1980, o país caíra num estado de substancial anarquia. Essa situação perdurou por muito tempo sem que a comunidade internacional interviesse: os principais parceiros econômicos e políticos da Somália haviam chamado de volta os seus compatriotas e retirado gradualmente suas representações diplomáticas. Em seu lugar ficaram apenas algumas organizações não-governamentais e poucos adidos à cooperação. É difícil dizer por quanto tempo teria durado esse estado de completo isolamento de uma população efetivamente abandonada a si própria se, também em razão de uma concomitante estiagem, não se tivesse produzido uma grave carestia que fez muitas vítimas em todo o país, e se as equipes de televisão, no início britânicas e, depois, do mundo todo, não tivessem começado a registrar aquela tragédia ignorada. As imagens de mães moribundas e crianças em agonia exibidas durante meses produziram uma extraordinária emoção na opinião pública mundial, e na americana em particular. A pressão foi tão forte que o presidente Bush, já no fim de seu mandato, lançou uma operação militar de intervenção da ONU com a participação de vários países.

No plano humanitário, a missão da ONU obteve um certo sucesso. No da reconstrução da organização estatal não obteve nenhum. As forças da ONU, exercidas em meio à rivalidade entre clãs e no interior dos próprios clãs, viram-se envolvidas numa série de conflitos contra adversários onipresentes e ambíguos. Mas assim como as imagens televisivas das atrocidades da carestia induziram a findante administração Bush a planejar, no inverno de 1992, a intervenção, também foram as imagens televisivas de um marine americano morto, cujo cadáver foi arrastado pelas ruas de Mogadício, que induziram a administração Clinton, no poder havia poucos meses, a determinar a retirada imediata do contingente americano, acompanhada prontamente pelos outros aliados. As imagens filmadas em Mogadício não levaram apenas ao fim de uma operação que, após a vitoriosa Guerra do Golfo, parecia bem mais fácil de realizar, mas foram também a primeira advertência de que o advento de um sistema internacional de tipo "unipolar", isto é, dirigido e comandado pela única superpotência remanescente, estava ainda muito longe de acontecer. Marcaram também os limites das operações de paz das Nações Unidas, que Boutros Ghali havia imaginado com otimismo como o instrumento da nova ordem internacional nascente (a ilusão dissipou-se totalmente com a experiência da Unprofor na Bósnia) e que se revelaram repletas de problemas operacionais e de questões financeiras. Pode-se dizer, pois, com razão que as imagens da CNN e das outras redes de televisão na questão somali, primeiro instigando e depois decretando o fim de uma operação internacional de grandes proporções e de natureza profundamente inovadora, estiveram na origem de uma inversão de tendência na vida internacional desse final de século.

Por outro lado, o efeito produzido na opinião pública pelas imagens de Mogadício estava bem presente aos olhos do Departamento de Estado e do Pentágono quando a administração Clinton decidiu que, diante das pressões provenientes do país e do impasse em que se encontravam as forças da ONU, manter-se em compasso de espera em relação à crise da Bósnia não era mais admissível. Durante o inverno de 1994, a opinião pública internacional se impressionara profundamente com as cenas da população de Sarajevo perambulando por uma cidade sitiada, sob os golpes da artilharia servo-bósnia, em busca de água e de comida por estradas cobertas de neve. Como podemos recordar, Dick Holbrooke, o secretário-adjunto para os Negócios Europeus do Departamento de Estado, foi encarregado de conduzir uma tentativa de mediação que permitisse um fim das hostilidades interétnicas e uma sucessiva intervenção militar da Otan. A negociação, que depois resultou nos acordos de Dayton, tinha como limite temporal o início do inverno de 1995: de fato, tanto em Washington como em Moscou e na Europa, havia uma consciência geral de que o público televisivo não toleraria que um outro inverno balcânico levasse a Sarajevo sua carga de privações e de misérias pela inércia das grandes potências. O limite temporal imposto pelas imagens da neve tornou-se o problema central da negociação. Os acordos de Dayton foram concluídos a tempo, em novembro daquele ano. Eles se ressentiram, na sua formulação e em mais de uma omissão, da pressa com que foram negociados.

Com freqüência cada vez maior ocorre de um acontecimento tornar-se um fato internacionalmente relevante somente a partir do momento em que toma dimensões televisivas: foi assim no caso dos amplos e desordenados movimentos populacionais ocorridos na África Central após as lutas entre as etnias tutsi e hutu em Ruanda e em Burundi; enquanto as proezas sanguinárias dos terroristas islâmicos na Argélia demoraram a atrair a atenção internacional e só o fizeram depois que as primeiras imagens captadas pelas televisões estrangeiras chegaram ao grande público.

A imagem televisiva tem como efeito aproximar o espectador de pessoas e lugares distantes dos quais ele tem apenas um conhecimento vago e confuso. Quando repetidas, essas imagens transformam coisas remotas em coisas familiares e solicitam a participação do espectador como se se tratasse de fatos diretamente relacionados a ele. Fatos, aliás, sobre os quais ele não tem outros elementos de apreciação a não ser os que lhe são fornecidos pelas imagens. A tela traduz de imediato a representação em emoções sem passar pelo caminho do conhecimento e da razão: a reação da opinião pública a esse tipo de apelo é mais imediata que a sua resposta a uma campanha da imprensa escrita. No caso de acontecimentos internacionais, tem-se assim um componente emotivo muito mais forte, na medida em que não é freado por opiniões preexistentes, que influi diretamente nos processos de decisão dos Estados.

Quer se trate de informação escrita ou de informação televisiva, a parte que os meios de comunicação de massa ocupam na formação da vontade em política externa já é grande e provavelmente está destinada a aumentar ainda mais. A classe política tem notável familiaridade com a mídia. O mundo diplomático, ao contrário, desconfia dela por um hábito antigo: uma relação mais transparente e equilibrada, menos preocupada em suscitar uma expressão ocasional de apreço e mais preocupada em mostrar com clareza a realidade da vida internacional, seria saudável tanto para um quanto para os outros.

Capítulo 5

Os negócios consulares

Cuidar dos negócios dos Estados é considerado mais nobre e importante que tratar dos negócios dos indivíduos, e por isso a função consular, quase tão antiga quanto a própria diplomacia, tem um papel de irmã caçula nos negócios internacionais. A palavra é latina, mas os poderes de um cônsul atual nada têm a ver com aqueles, quase régios, dos cônsules da República. Os romanos, por sua vez, ignoravam o papel dos cônsules hodiernos: assim como a proteção do Estado era confiada não à diplomacia mas às armas, a proteção dos cidadãos era confiada não aos cônsules, mas aos magistrados e, eventualmente, às milícias. Os cônsules de hoje devem o seu nome ao ofício de alguns magistrados italianos e provençais da Idade Média que tinham a tarefa de resolver disputas comerciais entre habitantes de cidades vizinhas.

A função consular

Durante séculos, paralelamente ao desenvolvimento dos negócios e do comércio, no Mediterrâneo, no Báltico, nas grandes cidades fluviais, nas rotas mercantis da Ásia, África e América Latina, os cônsules assistiram e protegeram os compatriotas, forneceram informações aos estrangeiros, emitiram documentos, certificaram identidades, providenciaram contatos, assumindo, assim, um papel essencial na configuração do mundo moderno. Ainda hoje muitas pessoas não sabem qual é a função exata de um embaixador, mas quem alguma vez já pôs os pés fora das fronteiras sabe o que um cônsul pode e o que não pode fazer.

No século XIX, quando começaram os grandes fluxos de emigração em busca de trabalho, primeiro da Europa para os países do Novo Mundo, depois de um país europeu para outro, e formaram-se grandes comunidades étnicas relativamente pobres e necessitadas de aconselhamento e proteção, esta última função acabou por prevalecer sobre todas as outras e a rede consular de certos países tornou-se efetivamente uma rede de assistência e de serviço distribuída segundo a consistência e a importância dessas comunidades. Até pouco tempo atrás, a Itália tinha cerca de vinte escritórios consulares de primeira classe na Suíça e uma dúzia na Alemanha; mas apenas um na China, um na Rússia, nenhum na Polônia ou na Indonésia, exceto como seções consulares das embaixadas nas respectivas capitais.

Se é difícil definir a função diplomática, definir a função consular requer apenas um pouco de tempo: basta reunir partes das funções de uma prefeitura com as de uma câmara municipal, de um distrito de alistamento, de um departamento estadual do Tesouro, de um cartório de notas, de uma entidade assistencial, de uma delegacia de polícia, de um delegado de ensino e, às vezes, de uma capitania dos portos. Além dessas funções institucionais, podem ser confiadas aos cônsules outras tarefas que o Estado considere úteis aos interesses dos seus cidadãos, seja no tocante à atividade ordinária, seja no tocante à emergência.

Como se vê, trata-se de uma matéria potencialmente incomensurável, na sua maior parte administrativa e legal, com vastas áreas de discricionariedade. Um cônsul trata geralmente com as autoridades locais, enquanto a embaixada, que tem sede na capital, trata com a autoridade central. Mas, para tornar incerta a distinção, é preciso mencionar que não só em casos de particular relevo a embaixada pode avocar a si a negociação de um assunto consular, mas também que, onde não existir cônsul, as funções deste são desempenhadas pela embaixada. Temos, assim, embaixadores/cônsules e muitas vezes é a atividade consular que absorve a maior parte de sua atenção e de seu tempo.

Alternar as funções consulares e as diplomáticas, como é praxe nos serviços diplomáticos dos maiores países ocidentais, é um chamamento útil e tranqüilizador à realidade cotidiana para quem, muito freqüentemente, se move em abstrações dialéticas ou em âmbitos formais e representativos. Ao final de um longo serviço através de encargos em Roma e embaixadas no exterior, mais que chefes de Estado e de governo conhecidos, mais que tantos empresários, intelectuais ou banqueiros encontrados, o escritor destas páginas conserva na memória a lembrança de dois episódios de natureza consular. Tratase, num certo sentido, de episódios simétricos, mesmo que totalmente diferentes um do outro: um coincide com o início da carreira, o outro com o seu final. Do ponto de vista histórico e político são irrelevantes, mas valem como exemplos da importância, e também da imprevisibilidade, do trabalho consular. Um trabalho feito por quem, além do destino dos Estados, tem de zelar pelo destino dos indivíduos que neles habitam.

Um incidente marítimo

Um certo dia de novembro de 1963, um cargueiro misto de 2.500 toneladas, que chamaremos "Mariapia", partiu do porto de Sète, a leste de Marselha, e dirigiu-se a Livorno com uma carga de cereais, naufragando próximo às Ilhas de Hyèrres, cerca de 70 milhas a sudeste de

Toulon. Até dois dias antes havia uma tempestade de vento sudoeste, mas na manhã em que o navio deixou Sète o vento cessara e o golfo de Marselha era atravessado por longas ondas cinzentas e sem força.

Em dado momento, o cônsul italiano em Toulon foi informado pela capitania dos portos da cidade de que uma unidade da Marinha Militar francesa recebera um pedido de socorro proveniente de um navio italiano, mas que tinha dificuldade de localizar sua posição exata. O cônsul informou as suas autoridades, avisou o armador e aguardou. Pouco antes da meia-noite soube que a tripulação, toda de nacionalidade italiana, fora retirada a salvo por uma corveta francesa e desembarcaria em Toulon para se apresentar à autoridade consular durante a noite. Quando a corveta chegou, eram duas horas da madrugada. Chovia e fazia frio. O cônsul e um de seus assistentes aguardaram os náufragos num cais da doca militar, fizeram-nos subir em dois carros fretados para a ocasião e transportaram-nos para o Hotel Meublé Splendid, com vista para o porto, pouco distante dali. Eram oito no total. O nono, o taifeiro, foi internado no hospital militar.

Nos dias que se seguiram, os náufragos foram alimentados, vestidos e assistidos. O cônsul informou as famílias, deu declarações pelo rádio e sua fotografia apareceu na primeira página do principal jornal da região. Depois, foi visitar o almirante Jubelin, comandante da esquadra naval, para agradecer-lhe pela assistência recebida.

Tudo teria terminado assim se o cônsul não fizesse questão de observar rigorosamente a determinação que impõe à autoridade consular a realização de um interrogatório preliminar sobre as causas de um acidente marítimo. Apesar do parecer contrário do cônsul geral de Marselha, que lhe sugeria que limitasse o interrogatório a uma mera formalidade e enviasse o mais rápido possível os membros da tripulação para casa, e não obstante a indiferença da embaixada, o cônsul interrogou toda a tripulação, a começar do capitão, demoradamente e mais de uma vez. Foi como remover uma pedra e olhar o mundo pululante que há debaixo. Entre as muitas lacunas e contradições dos interrogatórios, veio à tona que a "Mariapia" tivera a bordo uma moça, que era amiga do capitão, ou do segundo oficial ou, mais provavelmente, de ambos; que por causa dessa moça surgiram rivalidades no navio; que o maquinista ameaçara o taifeiro de morte durante uma briga, e que uma parte da tripulação se alinhara com este último; que o segundo oficial não inspecionara a carga de grãos, como era o seu dever, e o capitão também não o fizera; que a moça teve de desembarcar à força e, depois, partiu de trem para a Itália; que a carga certamente havia sido mal armazenada e que, em razão disso, quando duas ou três ondas maiores que outras atingiram o navio de viés, os cereais se deslocaram para a esquerda e a "Mariapia" se inclinou sem conseguir mais se reerguer, até que, depois de algumas horas, virou. O relatório completo do cônsul tinha mais de trinta páginas e trazia toda uma série de relatos escabrosos e de acusações que cada membro da tripulação dirigira a um outro. Quando tentou redigir sua conclusão, o cônsul perguntou-se o que fazer. Quem tinha razão, quem estava errado? Quem dissera a verdade, quem mentira? Não havia dois depoimentos coincidentes: um atribuía a culpa do naufrágio às condições do mar, o outro ao carregamento malfeito e o terceiro à total imperícia do capitão e do seu segundo oficial.

Após cinco dias, um jornal italiano lamentou que os náufragos ainda estivessem na França e culpou as autoridades francesas. Estas últimas protestaram de imediato. Então, o cônsul rasgou o seu relatório e escreveu um outro curtíssimo: a "Mariapia", disse, provavelmente afundara por um deslizamento da carga de cereais. Encaminhou-o ao Ministério da Marinha Mercante e arquivou o processo. Três meses depois, recebeu da Itália uma fotografia da "Mariapia" navegando, pintada a mão, com os dizeres "Ao Senhor Consulado da Itália, com reconhecimento" e as assinaturas de todos os membros da tripulação, exceto a do capitão.

O consulado da Itália em Toulon foi suprimido no quadro de uma reestruturação da rede consular na França. A fotografia da "Mariapia" ficou algum tempo na parede do escritório do cônsul e provavelmente foi jogada fora no momento da mudança.

O caso Baraldini

A segunda lembrança é de mais de trinta anos depois. No início dos anos 1990, o embaixador italiano em Washington negociara muitas vezes com as autoridades americanas o caso de Silvia Baraldini, um caso formalmente consular mas politicamente delicado, de uma cidadã italiana condenada pela Corte americana a mais de quarenta anos de reclusão por ter participado, junto com outros componentes de um grupo terrorista, de um roubo durante o qual um membro do grupo matara um policial. Silvia Baraldini cumprira catorze anos de prisão; todas as instâncias superiores tinham sido percorridas em vão e o governo italiano solicitava da justiça americana a repatriação de Baraldini com base numa convenção, da qual ambos os países são signatários, para permitir que ela cumprisse o restante da pena na Itália e não nos Estados Unidos.

O caso Baraldini, pela severidade da pena infligida, pela personalidade da acusada, pelo fato de os outros membros do grupo terem se arrependido publicamente e conquistado a liberdade, tornara-se um caso político, e governo e Parlamento se fizeram repetidamente intérpretes dele, pedindo que a condenada fosse autorizada a cumprir na Itália o restante da pena. Os americanos, por sua parte, rejeitavam a aplicação da Convenção de Estrasburgo com o argumento de que o dia em que Baraldini voltasse à Itália, em vez de cumprir a pena, ou parte dela, seria recebida como uma heroína e imediatamente libertada. De fato, a Convenção de Estrasburgo não é obrigatória e deixa os Estados livres para devolver ou não um condenado ao seu país de origem: na realidade, apenas fixa os prazos, condições e procedimentos. Em mensagens enviadas ao secretário de Estado e ao presidente dos Estados Unidos, o embaixador insistira muitas vezes sobre a conveniência política de um gesto de generosidade. Em Washington, uma administração democrática tomou o lugar de um governo republicano, mas no caso Baraldini o governo americano permanecia irredutível.

O embaixador tratara o caso Baraldini com todo o cuidado, mas talvez sem muito envolvimento pessoal. No fundo, pensava que quem comete um crime deve ser punido e que, se o crime é cometido no exterior, é justo que o culpado seja punido com não menos severidade. No mínimo, considerava, Baraldini deveria ter pronunciado um ato público de recusa inequívoca dos ideais e dos objetivos do grupo terrorista do qual participara. Tentou redigir um esboço de carta de arrependimento, colocou-o no bolso e, no dia de Natal de 1993, foi visitar Silvia Baraldini, então detida na prisão de segurança máxima de Marianna, no norte da Flórida.

O nome Flórida evoca imagens de palmeiras, piscinas e cidades brancas ensolaradas. Mas os mais de cem quilômetros que separam Marianna de Tallahassee, o centro administrativo do Estado, não evocam nada a não ser, talvez, o nada. O embaixador fez o trajeto de carro com o cônsul-adjunto de Miami, num dia cinzento e chuvoso, entre planícies cobertas de relva. Não eram plantações, nem florestas, apenas um mato esverdeado, compacto como mofo, sobre o qual serpenteia uma estrada vazia, intervalada por raras bombas de gasolina, alguns McDonald's e preguiçosos riachos. A prisão de segurança máxima de Marianna é avistada de longe. Naquele vazio, cada coisa adquire relevo: a rede de proteção que a circunda, da altura de um edifício de quatro andares, parece uma enorme folha de papel quadriculado suspensa no ar.

Houve um longo trâmite burocrático, registros, impressões digitais, a familiaridade das policiais e a discrição da supervisora de cor. Silvia Baraldini, em um macacão laranja, parecia vir, e de fato vinha, de um universo a parte. Agradeceu com cortesia, sem sorrir, pela visita natalina. Falou pouco de si mesma: disse que a saúde melhorara, que ainda confiava num gesto de colaboração das autoridades mas que, de forma mais realista, solicitava o fim do isolamento e a transferência para uma prisão mais acessível. Não tencionava discutir sobre arrependimento, quando muito podia declarar que não mais violaria a lei americana no futuro. O embaixador estava habituado a tratar de negócios de Estado, onde toda conciliação é sempre possível: o rigor de Baraldini o surpreendeu. Seu esboço de carta não foi sequer examinado. O diplomata e a prisioneira continuaram a falar por algum tempo. O embaixador perguntou se recebia regularmente os jornais italianos do consulado: não, não regularmente, de tempos em tempos. Depois, se despediram: ela parecia quase impaciente para retornar ao mundo indecifrável no qual vivia havia catorze anos.

O embaixador experimentou um misto de irritação e respeito pelo apego que ela mantinha a um mito já extinto, superado pela história, pela dissolução do grupo e pela abjuração dos seus membros. Não compreendia como aquela obstinação conseguira resistir a tantos anos de solidão. Ou seria justamente a solidão a conservá-la intacta? Mas compreendia menos ainda a obstinação com que os americanos, que haviam libertado o maior culpado, mantinham na prisão, após catorze anos, uma integrante totalmente secundária do grupo. O caso Baraldini continua inexplicável, sob qualquer ponto de vista.

Até agora as tentativas diplomáticas em seu favor não tiveram resultado positivo e Silvia Baraldini ainda está presa. Conseguiu a transferência para uma prisão próxima a Nova York, onde é menos difícil receber alguma visita e falar com o seu advogado.

Os futuros cônsules

A geografia da emigração varia tanto quanto os acontecimentos políticos e econômicos dos povos, e no arco dos últimos anos os fenômenos migratórios caracterizam-se por transformações muito amplas. Países europeus que por um século e meio exportaram população a ponto de criar no exterior comunidades muitas vezes mais numerosas que a própria comunidade nacional, como Grécia, Portugal, Itália, Irlanda e Alemanha, estabilizaram-se ou tornaram-se países de acolhida. Nos Estados Unidos, as etnias asiáticas e latino-americanas se expandem e a caucasiana corre o risco de se tornar uma minoria no decorrer de uma ou duas décadas.

O motivo dessas mudanças da fisionomia do planeta está, como no passado, na diferença das condições de vida entre uma região e outra do globo; mas o desenvolvimento da informação e a facilidade das comunicações contribuíram para a aceleração do processo. Em grande parte isso é administrado fora da legalidade e geralmente com a intervenção do crime organizado. Os meios nacionais de contenção – o regime dos vistos, a vigilância de fronteira, a disciplina do trabalho – não bastam para controlá-lo, e é cada vez mais evidente a necessidade de uma colaboração estreita entre países de acolhida, países de cidadania, países de trânsito e outros eventuais governos interessados. Os fenômenos migratórios não mais se caracterizam predominantemente pela antiga relação entre a mãe-pátria e as comunidades migrantes, e sim por uma trama articulada de relações internacionais que envolvem, simultaneamente, autoridades diplomáticas, outras autoridades nacionais e, sobretudo, aquelas encarregadas da ordem pública.

Ao mesmo tempo, houve um progresso generalizado das legislações sociais, de modo que as tradicionais funções de assistência aos compatriotas que competiam aos consulados estão perdendo o seu caráter central e prioritário. De fato, o tratamento que muitos Estados reservam aos estrangeiros residentes se diferencia cada vez menos do tratamento reservado aos próprios cidadãos.

Tudo isso produz nos principais países industrializados transformações da função consular que, aliadas às restrições dos orçamentos das administrações dos Negócios Exteriores, levaram, em muitos casos, ao fechamento de sedes consulares tradicionais: no quadro de uma revisão geral da rede que atingiu sobretudo os países europeus. Na Itália, os Estados Unidos fecharam em poucos anos os seus consulados gerais de Trieste, Turim, Gênova e Palermo, mantendo apenas Milão, Nápoles e Florença. Outros países, como a França, seguem o mesmo caminho e poucos não estão executando ou estudando uma reorganização consistente de toda a rede.

O declínio das funções de assistência não significa, contudo, que o conjunto das funções consulares se tornou obsoleto. Numa época em que as razões políticas, que outrora davam origem aos conflitos, parecem atenuar-se e o respeito pelos direitos do indivíduo adquire cada vez mais importância, é a partir das violações reais ou presumidas desses direitos ou, ao menos, dos casos judiciários e pessoais que mais freqüentemente nascem controvérsias internacionais: a história dos anos recentes – do caso Baraldini à prisão de Pinochet na Inglaterra ou do líder curdo Ocalan na Itália – está repleta de exemplos.

Além disso, tendo em vista que a rede diplomática se amplia com a expansão da atividade internacional, os consulados também readquirem importância com as devoluções dos poderes do Estado às entidades locais e ao setor privado. Declina a função de assistência às comunidades migrantes, mas emerge um papel promocional no campo econômico, político, cultural e midiático. À redução da presença consular na Europa e na América do Norte corresponde, ou deveria corresponder, um incremento da presença consular na Ásia, na África e na América Latina. É possível imaginar que, num dia não muito distante, as funções administrativas, de registros civis, notariais e eleitorais relativas à coletividade no exterior serão administradas de modo centralizado por poucas grandes sedes consulares, mas que uma rede de escritórios consulares se articulará ao redor delas, com o papel de representação da coletividade, de promoção dos interesses econômicos, de assistência aos operadores e de presença cultural e política no território.

Capítulo 6

A idéia européia

Há vinte ou vinte e cinco anos, quando a Comunidade Européia estava mais ou menos na metade do caminho que permeia entre a sua criação e o final do século, questionava-se muitas vezes no mundo da diplomacia sobre qual seria o futuro das embaixadas e dos consulados dos vários países europeus: se já seria possível prever seu progressivo desaparecimento, se seria necessário mudar o seu nome, como haviam feito entre si os países do Commonwealth para indicar um tipo de relação diferente e mais estreita, ou, no mínimo, se não seria conveniente pensar num redimensionamento das suas funções. Roberto Ducci, um dos mais inteligentes diplomatas italianos do segundo pós-guerra, ao deixar o serviço escreveu para um jornal inglês um longo e amargurado elogio fúnebre à diplomacia: as relações entre os países da Comunidade estavam destinadas a mudar radicalmente a sua natureza no arco de um lustro, e a sua gestão em relação a terceiros países seria progressivamente absorvida por instituições comuns; o comissário para as Relações Exteriores seria simplesmente substituído pelos ministros do Exterior de cada um dos países-membros e o Quai d'Orsay, o Foreign Office, a Farnesina e outras administrações centrais, com as respectivas redes de embaixadas, não teriam mais razão de existir. Esta, talvez não tão explicitamente expressa, era a essência do pensamento de Ducci. Fervoroso partidário da unidade européia, ele passara parte da sua carreira na construção do processo de cooperação política dentro da Comunidade: portanto, não tinha que se lamentar das suas previsões, que caminhavam no mesmo sentido do trabalho da sua vida. Todavia, por ser também um diplomata de renome e de tradição, sentia que o declínio da diplomacia era uma perda e não escondia isso. O título original do artigo de Ducci, inesperadamente mudado depois pela redação, era, com efeito: *Good bye to all that*, "Adeus a tudo isso".

Cooperação política e política externa

Alguns anos depois, o difícil Conselho europeu de Milão, no fechamento do semestre de presidência italiana de 1985, convocou, à revelia da recalcitrante senhora Thatcher, uma conferência intergovernativa com duplo objetivo: o de preparar os caminhos para o mercado único, um dos pontos de chegada do processo de integração econômica da Europa, e o de reforçar a cooperação política entre os países-membros. A conferência se dividiu, depois, em duas mesas, que ao final se reuniram, dando lugar a um acordo único, o Ato Único, como foi precisamente chamado, que entrou em vigor em 1987. A Itália também havia apresentado um ambicioso projeto próprio de Tratado de Cooperação política, mas os progressos rumo à criação de uma verdadeira política externa européia foram inferiores às expectativas italianas. O novo Tratado limitou-se, em grande parte, a dar a aparência de pacto às regras de cooperação política que estavam se formando na base do chamado Relatório Davignon, de 1969. Alguns anos depois, o esforço de criar uma política externa européia foi retomado em Maastricht. Mas, enquanto os entendimentos sobre a União econômica e monetária marcaram uma etapa ambiciosa e significativa da integração econômica, os relativos à política externa não foram muito além da mudança do nome – que de Cooperação política passou a Política comum – e de uma frágil inserção da dimensão da segurança. A conferência intergovernativa sucessiva, concluída em Amsterdam em 1997, tampouco acrescentou algo além de um certo fortalecimento da estrutura de coordenação do secretariado e da criação de uma célula de programação.

Considerando os anos percorridos, portanto, não se pode dizer que se avançou muito em direção à transformação das estruturas básicas da política externa dos países europeus. As embaixadas nos países-membros não só ainda existem, mas suas tarefas aumentaram; ou é o que se deveria deduzir do fato de o pessoal diplomático ter aumentado em cada uma delas. Quanto às representações diplomáticas em países que não são membros da União, alguns entendimentos bilaterais permitiram criar estruturas logísticas comuns nos Estados recém-independentes: mas, embora sob um único teto, as missões permanecem separadas e se reportam aos respectivos ministérios. Um Estado da União Européia que não tenha representação diplomática num terceiro país em geral confia a defesa de seus interesses a outro Estado-membro, de modo que o cidadão de um país poderá, às vezes, encontrar proteção na representação de um país diferente do seu.

Esses exemplos não esgotam o esforço para se criar uma certa integração dos instrumentos da política externa na Europa. Mas trata-se, como se vê, de convergências modestas que não incidem nas funções diplomáticas tradicionais, a não ser em casos esporádicos ou em setores marginais; com a exceção, que por certo não é sem importância, de toda a esfera das relações econômicas com terceiros países, gerida diretamente por Bruxelas e através da rede de representações da Comissão no exterior.

Não se pode negar que se trabalhou muito para a criação de uma política externa comum e que se alcançaram alguns resultados significativos (sem considerar a esfera comercial e outras áreas geridas diretamente pela Comissão). Mas os passos nessa direção são inferiores ao desenvolvimento obtido pelo sistema das relações internacionais no seu conjunto, tanto que, mesmo onde houve um certo deferimento de soberania dos Estados- membros em favor das instituições de Bruxelas, ele foi superado pela atividade que cada Estado empreendeu em âmbitos restritos à própria competência, que adquiriram mais relevância quer no plano infracomunitário, quer no plano internacional geral. Por exemplo, quando se supõe uma política comum em matéria de imigração, configurando alguns poderes deferidos pelos países-membros a uma instituição européia (um processo incerto e que ainda parece distante) e se olha para essa meta como uma etapa significativa do processo de integração, deve-se ter presente que as imigrações clandestinas, os movimentos populacionais e outros fenômenos similares, que se seguiram ao desenvolvimento das informações e das comunicações, eram até algum tempo atrás muito menos relevantes, eram deliberadamente ignorados ou, no mínimo, pertenciam à esfera interna sobre a qual cada Estado se reservava o direito de intervir ou não a seu próprio arbítrio. Só ocasionalmente eram objeto de negociação internacional e era difícil dizer que pertenciam à esfera da política externa propriamente dita. Hoje, a extensão e a freqüência do fenômeno e a atenção da opinião pública fazem com que essa matéria adquira um caráter importante e muitas vezes prioritário nas relações entre Estados: mesmo que no futuro e por certos aspectos fosse regulamentada em Bruxelas, atenuar-se-ia somente em parte uma carga que a diplomacia de outrora não conhecia e que a contemporânea é, por sua vez, obrigada a enfrentar.

O mesmo poder-se-ia dizer a propósito da cooperação judiciária, da luta contra o crime organizado, da poluição ambiental e de muitas outras matérias, por assim dizer, emergentes nas relações internacionais. Há sem dúvida estímulos a uma "comunitarização" acentuada dessas matérias por parte de alguns países da União, dentre os quais a Itália: mas a eles se opõem resistências por parte de outros, e os progressos alcançados nos últimos anos são relativamente modestos. Em todo caso, acentuou-se a atividade internacional de órgãos que era pequena no passado, por exemplo, os encarregados da ordem pública e da justiça. O processo de internacionalização da vida pública foi em geral mais rápido que o processo de comunitarização: movemo-nos, portanto, em sentido oposto ao indicado por aqueles que consideravam que a atividade das relações internacionais dos Estados pouco a pouco se esgotaria, transferindo-se cada vez mais para instituições supranacionais.

Não obstante isso, existe uma política externa da União Européia. Os ministros do Exterior dos países-membros reúnem-se, em média, quase duas vezes por mês e dedicam uma parte não indiferente dos debates à política externa comum. Suas reuniões são precedidas e apoiadas pelas reuniões dos diretores políticos e estas, por sua vez, pelas dos especialistas das diversas áreas geográficas. No arco de um único semestre de presidência, mesmo se não caracterizado por crises internacionais particularmente graves, a elaboração de uma política externa européia exige centenas de reuniões, de cada qual participam, em média, três ou quatro dezenas de pessoas provenientes dos vários países-membros, às quais se unem as do secretariado de Bruxelas. A presidência em exercício expressa o ponto de vista da Europa sobre qualquer fato relevante da vida internacional. Enviam-se missões européias às capitais estrangeiras, estabelece-se um diálogo político com terceiros países, altos representantes da União Européia atuam constantemente para a solução de crises regionais na Bósnia ou no Oriente Médio. Tudo isso se soma àquilo que é, indiscutivelmente, uma política externa comum da Europa.

O problema, no que diz respeito à diferença entre política externa nacional e política externa européia, é que a política comum, a Pesc (Política Externa e de Segurança Comum), como foi chamada em Maastricht, coloca-se ao lado das políticas nacionais e não as substitui. Não temos uma política européia no lugar de quinze (hoje; amanhã dezoito, ou vinte e uma, ou vinte e cinco) políticas dos Estados-membros: temos dezesseis políticas externas, dos quinze países-membros mais a européia. Algumas vezes, é preciso mencionar, elas coincidem entre si; raramente divergem profundamente. Mas, em todo caso, permanecem separadas nas estruturas e nos objetivos. A Pesc, como outrora a Cooperação Política Européia, é o resultado das quinze políticas externas dos países-membros. Não a soma, nem a média: o resultado. Com tudo o que isso implica em termos de vontade de cada país-membro de fazer valer ou prevalecer o seu ponto de vista para que a Política Externa e de Segurança Comum seja o mais próxima possível da nacional.

Dissemos que a política externa de cada país, seja ele qual for, membro ou não-membro da União Européia, grande ou pequeno, industrializado ou em via de desenvolvimento, é hoje mais que nunca o resultado de várias vozes, é fruto dos impulsos das forças políticas, mas também de interesses econômicos ou de movimentos de opinião ou de outros fatores que mencionamos ao falar da dimensão pública da diplomacia. Se isso ocorre no interior de um Estado soberano, por que se surpreender que ocorra numa União de Estados? A política externa, seja quem for o seu ator, reflete, de todo modo, muitas vozes; às vezes em razão dessa multiplicidade não consegue se expressar de modo algum. A Suíça, apesar da obstinada vontade do seu governo, não toma o caminho europeu em razão dos sentimentos tradicionalistas predominantes nas províncias e nos campos e pela influência dos *lobbies* ambientalistas; os Estados Unidos não conseguem elaborar uma política coerente em relação a Cuba devido à oposição das comunidades cubanas imigradas na Flórida e pela influência que estas exercem no

Congresso. Do mesmo modo, a Europa não conseguiu desenvolver uma política digna de crédito na crise da Bósnia e declarou-se indiferente à crise da Albânia porque alguns países têm interesses nos Bálcãs que não coincidem entre si e outros não estão interessados na região. Pode haver diferenças quantitativas entre esses exemplos, mas qualitativamente pode-se dizer que o processo é o mesmo.

Isso é só aparentemente correto. A diferença entre divergências de idéias no interior de um Estado e entre membros da União Européia está, naturalmente, no fato de que enquanto cada Estado tem os próprios mecanismos institucionais que permitem a formação da vontade através da expressão de uma maioria, a União Européia não tem esse mecanismo. É como se a vontade estatal, para expressar-se, exigisse o consenso de todos: de todas as partes sociais, de todos os interesses econômicos, de todas as forças políticas, de todos os movimentos de opinião e crenças religiosas. A Europa só consegue fazer ouvir sua própria voz em matéria de relações internacionais se há uma posição compartilhada por todos, o que significa geralmente que aquela posição tem um caráter tão genérico que é substancialmente irrelevante. Falta, portanto, um sistema democrático com que se expressar: a Europa sofre de mais de um déficit democrático, mas aquele em política externa é o mais visível de todos.

A Europa inacessível

Nos anos 1970, Henry Kissinger queixava-se de que, quando queria falar com a Europa, não sabia a quem chamar. Na verdade, Kissinger preferia não encontrar a Europa: não há procura mais longa do que buscar algo que não se quer encontrar. Desde então, o acesso à Europa tornou-se mais fácil, mas a existência de um endereço não é por si só garantia de uma resposta rápida.

A história dos anos 1980 está repleta de atitudes tardias ou discordantes da Europa diante de eventos internacionais que teriam demandado uma ação comum. Em alguns casos, interesses nacionais divergentes entraram mais ou menos abertamente em conflito. Foi assim na guerra das Falklands, quando a solidariedade da Itália com as comunidades de origem italiana na Argentina e a hostilidade da Irlanda à presença militar inglesa fora dos limites da Grã-Bretanha impediram a formação de uma posição comum em apoio ao Reino Unido; ou na questão sul-africana onde, ao contrário, foi a Grã-Bretanha que dificultou, por razões de caráter econômico, uma linha européia sobre as sanções ao regime de Pretória. Faltou, também, uma avaliação oportuna e consensual da Europa sobre os grandes acontecimentos do final do século: assim, a opinião dos europeus sobre as transformações em curso na União Soviética na segunda metade dos anos 1980 e sobre o real significado da "perestróica" de Gorbatchov foi dissonante e, ao final, dissociada do contexto.

Não obstante tudo, os anos 1980 mantiveram inalterada a convicção de que os progressos convergentes dos dez, depois doze, países da Comunidade Européia se estenderiam também ao campo da política externa. Com efeito, aquela década assinalou etapas que justificavam um certo otimismo em quem acreditava no processo de construção da Europa: a consolidação definitiva do eixo franco-alemão, a conclusão do mercado comum, o Ato Único e a consolidação da meta do mercado único no prazo previsto (1989). A década seguinte dissipou rapidamente aquela ilusão e, com a crise da Bósnia, ofereceu a imagem impiedosa da impotência européia. Impotência política, é bom esclarecer, porque, no plano econômico e social, 80% dos esforços realizados para superar a emergência, encaminhar o processo de reconstrução e abrigar e acolher os refugiados recaíram sobre os ombros dos países europeus.

O fracasso político da União Européia e da Pesc inaugurada em Maastricht foi, no caso da ex-Iugoslávia, muito mais visível enquanto os americanos se mostraram dispostos, pelo menos uma vez, a deixar que a Europa administrasse sozinha a crise. Esta, aliás, atingia uma área que, quando o colapso da União Soviética tornou supérflua a existência de um Estado-tampão nos Bálcãs, como a Iugoslávia, passou a ter interesse marginal para os Estados Unidos. Washington, no início, olhou com um certo desinteresse as tentativas de mediação conduzidas com ceticismo aristocrático por Lord Carrington e, depois, com mais convicção mas não sem arrogância, por David Owen. E sem dúvida é significativo que a Europa, para apoiar o americano Cyrus Vance, não tenha conseguido oferecer nada melhor que esses dois negociadores ingleses: pessoas muito respeitáveis, é claro, sem dúvida especialistas em assuntos internacionais e, como muitos ingleses, dotados de um saudável senso de distanciamento dos litígios continentais e dos balcânicos em particular. Mas desprovidos de todo e qualquer sentimento de vínculo comum com a Europa.

O ponto sobre o qual os Estados Unidos não estavam dispostos a transigir era o caráter multiétnico da futura entidade estatal da Bósnia. Assim, quando Owen produziu um labirinto geográfico em que o país era dividido em uma infinidade de cantões, cada qual rigorosamente puro no plano étnico e religioso, os americanos não aprovaram, o que determinou o seu fim. A paz foi celebrada em Dayton com base numa idéia americana. Talvez ela se revele frágil com o passar do tempo, mas, pelo que se pode julgar hoje, constitui, todavia, um resultado positivo da diplomacia americana e um insucesso da diplomacia européia. Muitas vezes a incapacidade da Europa de se expressar numa política externa comum é atribuída à ausência de estruturas adequadas, à falta de um ponto de referência e coordenação unitária. Não foi esse o caso na Bósnia, onde, primeiro com Carrington e

Owen, depois com Bildt e Westendorp, a União Européia atribuiu formalmente poderes e responsabilidades que não devia dividir com outros, assim como, no plano nacional, todo homem de governo não deve combinar as suas linhas de ação com outros, dentro ou fora do próprio alinhamento.

Duas condições essenciais faltaram à Pesc na Bósnia. A primeira é a falta de um aparato militar que servisse de suporte à mediação política e de instrumento de pressão em relação às partes; a segunda, a ausência, por parte de algumas potências européias, de uma real unidade de intenções coincidente com a política externa comum. O suporte militar comportaria a disponibilidade de uma estrutura integrada que não existe e que, mesmo que fosse desejada, não poderia ser criada para a ocasião. Quanto à coerência da linha diplomática dos europeus, o fato é que, ao lado da política da União impessoal dos mediadores oficiais, desenvolveram-se linhas políticas paralelas para a obtenção de fins nacionais. França e Grã-Bretanha, que dividiam entre si a ingrata tarefa de manter no terreno tropas sob a proteção das Nações Unidas com a impossível missão de garantir um estado de paz que não existia, perseguiam objetivos de poder e de presença política na zona; a Alemanha que, assim como solitariamente desencadeara a crise reconhecendo intempestivamente a Eslovênia e a Croácia, tão solitariamente se reservava o papel de último árbitro, abstendo-se de dar seu apoio formal a uma ação político-militar em que pouco acreditava; a Itália, que fora solicitada a servir de apoio logístico e aceitara sem negociar as condições, ressentindo-se tardiamente que não lhe tivessem reconhecido um *status* que não pedira na ocasião oportuna. Nessas circunstâncias, quando os americanos decidiram intervir, desejando associar formalmente os países europeus às suas ações, dirigiram-se não mais à União Européia e a seus mecanismos complexos, mas a cada um dos grandes países – França, Grã-Bretanha e Alemanha –, incluindo-os com a Rússia no chamado grupo de contato ao qual a Itália foi admitida posteriormente.

Embora nem todas as experiências européias no tocante à política externa e de segurança tenham o perfil negativo da crise da Bósnia, não há dúvida de que esta última pesou (e pesa) negativamente na imagem da Europa e na própria vontade que os grandes países têm de se empenhar mais na criação de uma política comum. Sejam quais forem as expectativas da opinião pública – e naturalmente as opiniões públicas de cada país-membro não têm a mesma percepção nem as mesmas expectativas –, deve-se admitir com franqueza que muitos países da União Européia não estão preparados para renunciar de modo significativo à sua liberdade de ação em política externa. Ao mesmo tempo, não renunciam a perseguir o objetivo de criar uma dimensão política da Europa no contexto internacional; um objetivo que, já no início dos anos 1960, o Plano Fouchet, depois o Relatório Tindemans nos anos 1970, seguido pelo Ato Genscher-Colombo, por vários conselhos europeus e, enfim, pelos Tratados de Luxemburgo e de Maastricht, demonstraram constituir o interesse de todos.

O resultado é que, mesmo entre incertezas e altos e baixos, o que hoje se chama Pesc não apenas sobrevive, mas tende a se desenvolver. Desenvolve-se, porém, como uma variável independente; em outras palavras, como se existisse uma Europa diferente dos Estados que a compõem, cada um dos quais agindo por conta própria, algumas vezes em sintonia, outras vezes em discordância, com a dimensão comum. Esta última acaba inevitavelmente por assumir uma função quase exclusivamente declaratória e exerce um papel de representação apenas em relação àqueles países menores da União que têm dificuldade em fazer ouvir autonomamente a própria voz. Para isso, todavia, a Pesc usa todos os meios da diplomacia clássica e apóia-se num sistema de comunicação que une todos os ministérios do Exterior dos países-membros e estes últimos com Bruxelas e expede cerca de cinqüenta comunicados por ano, geralmente através da presidência em exercício. Está presente nas negociações internacionais como parte diretamente interessada ou como observador e em reuniões de cúpula, como as reuniões dos sete (hoje oito) maiores países industrializados. Quer nas intenções, quer nas formas, a Europa tem uma diplomacia própria. Essa diplomacia está muitas vezes atrasada, algumas vezes adiantada, mas só ocasionalmente coincide com a ação desenvolvida diretamente por aqueles que deveriam contribuir para formá-la.

A natureza das idéias

Isso não significa que a idéia européia, independentemente da Pesc e das estruturas institucionais desta última, não exerça como tal uma influência própria na conduta internacional dos países que a compõem. Quase sempre as previsíveis reações dos membros da União Européia, sobretudo dos maiores, ou dos blocos relativamente homogêneos, como o dos países da Europa meridional ou o dos países escandinavos, são elementos de análise e avaliação que as diplomacias de cada Estado da União levam em conta. A possibilidade de ficarem isolados em relação aos outros parceiros é uma circunstância que às vezes desencoraja a tomar posições de alta magnitude em matérias controvertidas; mas pode ocorrer também o contrário, isto é, que, diante da própria opinião pública, a determinação em perseguir uma política autônoma e divergente dos outros atue como catalisador e estimule sentimentos de orgulho nacional. Assim ocorreu, por exemplo, quando, durante seu semestre de presidência, a Grécia adotou um embargo em relação à República da Macedônia que os parceiros europeus não consideraram legítimo, mas que foi mantido por Atenas com um consenso interno que se fazia mais sólido quanto mais a atitude grega era criticada na Europa. No final, a obstinação grega prevaleceu, conseguindo que os parceiros não reconhecessem a denominação República da Macedônia adotada pelo novo Estado independente nascido do colapso da Iugoslávia, sob o argumento de que, sendo a Macedônia também uma região histórica da Grécia, o nome não poderia designar um Estado soberano. Não foram diferentes as reações da opinião pública britânica quando Margaret Thatcher discordava, como ocorria quase cotidianamente durante toda a década de 1980, dos outros governos europeus sobre um problema da balança comunitária, ou sobre a fixação dos preços agrícolas, ou sobre qualquer questão referente, direta ou indiretamente, ao tema da soberania nacional. Sabendo disso, o primeiro-ministro britânico forçava de bom grado a situação para atrair o apoio dos que se mostravam céticos em relação à União Européia, e quanto mais os europeus se indignavam, mais a senhora Thatcher ganhava popularidade.

Até hoje não se vê nenhum projeto que leve a pensar que algum dia uma diplomacia européia tomará o lugar das diplomacias nacionais. Ao contrário, vemos que o aspecto intra-europeu absorve uma parte crescente da atenção destas últimas, que agrupamentos de caráter mais ou menos permanente são criados no interior da política externa da União, que o entendimento franco-alemão, até alguns anos atrás verdadeiro elemento central da construção européia mesmo no âmbito das relações externas, mostra sinais de desgaste, que se estabelecem paralelismos imprevistos (por exemplo, entre a vocação neutralista da Áustria e uma certa antiga vocação pacifista popular e católica italiana) ou que solidariedades de longa data se deteriorem (por exemplo, no Benelux, onde existem crescentes divergências de diretrizes entre Bélgica e Holanda), que, em suma, se desenvolva no cenário europeu um jogo de influências e de rivalidades não diferente do que se desenrola nos outros setores internacionais. Por outro lado, as previsões de quem esperava há quinze ou vinte anos o nascimento de uma política externa comum que absorvesse e superasse as políticas nacionais tinham como base uma Europa recém-ampliada para nove membros e que ainda não perdera a força propulsora impressa pelos seis membros fundadores. É desnecessário acrescentar que as perspectivas de uma União ampliada para dezoito, vinte e um ou mais membros reduzem a possibilidade de uma política externa européia dotada de um mínimo de coerência e representatividade num futuro ainda muito distante e nebuloso.

Ao mesmo tempo, é preciso dizer que a Europa progrediu muito nestes cinqüenta anos, mas progrediu de maneira errática e casual. O objetivo final, aliás, não era claro nem sequer para os fundadores. Clara era a exigência de superar as rivalidades passadas, claros eram os perigos da desunião, clara era a necessidade de um processo integrativo para sobreviver entre o megapoder americano e a ameaça soviética. Mas, qualquer que fosse a meta última, se a integração ou a cooperação, se uma estrutura federativa ou confederativa, ou uma colaboração intergovernativa fortalecida, a cujo resultado final se destinasse a nascente política externa comum, tudo isso não era nem um pouco claro nos anos 1950, quando foram fundadas as comunidades econômicas européias, e nunca foi esclarecido depois. Uma tentativa ambiciosa nessa direção se deu com o Plano Fouchet, que constituía um projeto orgânico de desenvolvimento, talvez um tanto antecipatório em política externa, que, não obstante, foi rejeitado e não foi seguido por outros programas de organização da mesma amplitude.

A Comunidade formou-se, assim, irregularmente, algumas vezes criando primeiro o órgão e, depois, a função, em vez de se conscientizar dos próprios objetivos para, depois, criar as estruturas que permitissem alcançá-los. Talvez devêssemos agradecer a esses erros metodológicos, porque sem eles não teríamos nada, nem o órgão, nem a função. Mas isso originou uma construção na qual os valores materiais, aqueles, por exemplo, representados pela política agrícola comum, ou pela disciplina do livre mercado, ou pela moeda única, se sobrepõem aos valores abstratos, como os da segurança, da solidariedade ou da proteção dos direitos fundamentais do cidadão. E, visto que estes últimos são os que mais se refletem no exterior e que são incorporados na política externa, enquanto os primeiros se atêm principalmente à esfera da União, a Pesc foi considerada como uma exigência lógica e intelectual, mas não como uma necessidade prática, a não ser no momento em que uma situação de crise evidenciou a necessidade de uma abordagem comum: o que, como já dissemos, em geral ocorreu de modo esporádico e, no mínimo, tardio. E da constatação do fracasso, muitas vezes difundido e ampliado pelos meios de comunicação mais que o necessário (porque é mais vantajoso constatar um fracasso que comemorar um sucesso), os países-membros, até os mais dispostos a perseguir uma política comum, extraíram uma lição de desconfiança e uma mensagem genericamente negativa.

A flexibilidade

Pensou-se que a solução pode consistir em voltar a âmbitos mais homogêneos e restritos; em aceitar que alguns países da União colaborem mais estreitamente entre si e ponham em prática – desde que isso obedeça aos princípios gerais em que se inspira a União e não impeça outros de se associar a ela num segundo momento – os sistemas reservados a alguns membros que compartilham objetivos comuns e buscam realizá-los em âmbitos bem delimitados e restritos.

Os problemas que isso traria para a diplomacia européia sob o aspecto político ou prático são evidentes. A Europa tornar-se-ia uma estrutura muito mais complexa, uma estrutura com diversos níveis de cooperação, todos relacionados entre si com vários graus de intensidade e inspirados em valores comuns e com as mesmas finalidades. A idéia pareceu prosperar por conseguir conciliar o propósito de alguns países em acelerar o processo de integração com o de outros em frear-lhe o passo. A conferência intergovernativa realizada em 1997 em Amsterdã, que tinha na sua ordem do dia tanto os problemas institucionais como os do fortalecimento da Pesc, demonstrou, porém, que mesmo os que pareciam mais inclinados a essa fórmula se mostram bem hesitantes em relação a ela. Seja como for, o sistema diplomático global não seria alterado pela existência de geometrias variáveis no interior da União Européia mesmo se conexões e obrigações diversas tornassem mais elaborado e difícil o seu exercício, assim como, de algum modo, tornariam mais complexa a atividade de todos os órgãos institucionais europeus. É possível que essa idéia volte à baila com o avanço do processo de ampliação: superada a euforia que – já constatamos durante as décadas passadas – acompanha o ingresso de um ou mais membros, logo os interesses nacionais, já latentes no curso das negociações de adesão, não tardam a se manifestar. E, aumentando o número dos participantes, aumentam exponencialmente as possibilidades de desacordo. Não é extraordinário pensar, portanto, que, se a União for ampliada a novos membros, a flexibilidade ou, se se preferir, a cooperação fortalecida constituirá o único remédio para evitar que o comboio prossiga com a velocidade do veículo mais lento e que todo o processo de integração européia fique imobilizado.

A relação entre diplomacia bilateral e diplomacia coletiva européia expressa perfeitamente as contradições da dimensão política das relações externas da União. Mesmo porque têm-se os mesmos atores representando papéis diferentes, primeiro perseguindo, como lhes é solicitado e como é o seu dever, os interesses nacionais ao orientar a Pesc numa direção que esteja em sintonia com estes últimos, depois perseguindo com igual empenho a afirmação da política acordada entre todos os membros. Essa contradição existe desde sempre: foi sua expressão perfeita o pensamento de De Gaulle que tinha, por tradição e cultura, uma grande e ambiciosa visão da França e, por experiência pessoal e convicção política, uma grande e ambiciosa visão da Europa. Ambas plenamente legítimas mas incompatíveis entre si, a não ser que se sobreponha, como já era no sonho napoleônico, a França à Europa. Despojada da grandeza da arquitetura mental de De Gaulle, a impossibilidade de que interesses nacionais convivam com interesses supranacionais sem subordinar uns aos outros ou vice-versa continua inalterada.

A força das coisas

A evolução da idéia européia é confiada agora a dois processos. Um de natureza – se é que se pode dizer assim – orgânica, que amadurece espontaneamente e engloba todo o campo das competências que, durante mais de quarenta anos, foram confiadas à Comunidade Européia ou couberam a ela direta ou indiretamente. É o longo processo da prática dos contatos, da busca de posições comuns, da inevitável assimilação, através da dialética, das posições das outras partes, das infinitas iniciativas tomadas no âmbito da Europa ou em nome da Europa, cada uma das quais deixa uma marca, por menor que seja.

Os acordos sobre o futuro da Irlanda do Norte entre o governo britânico, os unionistas e os republicanos são um exemplo que ilustra claramente os limites mas também os aspectos positivos do papel da Europa. Uma guerra civil com duração de trinta anos, com fases alternadas e imprevisíveis; duas comunidades hostis, diferentes pela história, religião e poder econômico; duas comunidades incapazes de encaminhar uma aparência de diálogo entre si finalmente encontraram, na semana de Páscoa de

1998, um acordo. Pela primeira vez na história, unionistas e republicanos firmaram um projeto comum. A Europa institucional ficou alheia a tudo isso: a Grã-Bretanha, que durante a fase conclusiva da negociação detinha o exercício da presidência de turno da União, informou os parceiros europeus tarde demais. Foram os Estados Unidos que ditaram as regras do jogo e, depois, encaminharam-no à conclusão, primeiro com o convite de Clinton ao líder do Sinn Fein, Jerry Adams, e com a sua legitimação aos olhos da comunidade internacional; depois, com a hábil mediação de George Mitchell e as fortes pressões sobre ambas as partes; por fim, com a fixação de uma data conclusiva para a obtenção do acordo e com novas e decisivas intervenções na mesa de negociações. Uma derrota para a Europa, como foi dito, isolada por uma crise européia e espectadora passiva de acontecimentos diretamente relacionados a ela. No entanto, somente o vínculo comum com a Europa tornou possível o diálogo entre Grã-Bretanha e Irlanda e, através delas, entre as duas comunidades do Ulster; somente a percepção, amadurecida gradualmente nesses anos, de que ambos os países pertencem a um mesmo projeto; somente a consciência do que os une e do que os divide diante das escolhas européias produziu aquela lenta aproximação e aquele mínimo de confiança que tornou possível o início de uma negociação. Portanto, uma vitória da Europa; não da Europa das instituições, mas da Europa dos fatos.

A força da moeda

O segundo processo rumo à integração nasce, por sua vez, de uma decisão de cúpula; se fosse deixado à vontade dos povos talvez jamais tivesse se iniciado ou, se o tivesse, logo teria encalhado. A criação de uma União econômica e monetária e de uma moeda única para os países europeus constitui uma decisão de caráter histórico e um corajoso passo à frente em direção à integração de todo o continente. É uma tentativa que não encontra nenhum paralelo na história pela amplitude de concepção e multiplicidade de situações políticas e econômicas para reconduzir à unidade. Onze países renunciam àquilo que, tanto no plano prático quanto no simbólico, expressa a própria identidade do Estado. É difícil imaginar uma moeda única que coexista com onze poderes estatais separados e onze centros de decisão. É difícil imaginar também uma moeda única e onze políticas externas.

Que impacto terá a moeda única sobre a sociedade européia? Resistirá à prova no plano técnico, atenuará ou aguçará – como afirmam alguns – os contrastes políticos? Produzirá reações de rejeição ou entrará de imediato na prática cotidiana? Seu fracasso poderia indicar um retrocesso de toda a evolução da Europa em direção a formas institucionais integradas; um resultado positivo não necessariamente a acelerará; talvez tranqüilizará a opinião pública quanto a uma inovação profunda e quanto à cultura econômica e política tradicional perturbadora.

Os primeiros compassos que acompanharam o 2 de maio de 1998, data do nascimento do euro, foram um modelo de diplomacia tradicional: um braço de ferro entre dois grandes países para a escolha do diretor do Instituto Monetário Europeu, ditado quer por razões de prestígio nacional, quer pelo choque de duas concepções diferentes do papel do Banco Central em relação à condução política da União; uma, a francesa, que deseja a gestão financeira subordinada, em última análise, ao poder político, e a outra, a alemã, que reivindica plena e completa autonomia à autoridade monetária. Um compromisso final com todas as ambigüidades e opacidades de uma solução que resolve, de algum modo, o aspecto pessoal, mas deixa sem solução, ou melhor, nem sequer enfrenta, o problema político substancial. Mas seria apressado, e também não-generoso, extrair daquele início indicações necessariamente pessimistas para o futuro. Ele lembra, no pior dos casos, o alto significado político que está por trás de decisões com restrito conteúdo econômico e o fato de que as decisões políticas continuarão a ser tomadas, na Europa como em qualquer parte do mundo, através do jogo das forças e das técnicas clássicas da diplomacia que essas forças expressam.

Capítulo 7

A diplomacia multilateral

A esperança multilateral

Logo após a Segunda Guerra Mundial, difundiu-se na opinião pública a convicção, que em certa medida já se tinha depois da Primeira, de que os conflitos de interesse entre os Estados seriam resolvidos e os problemas de caráter internacional seriam enfrentados de forma mais construtiva com a criação da Organização das Nações Unidas e de outras organizações internacionais construídas em escala regional ou setorial. Para evitar o fracasso da Sociedade das Nações – um fracasso que, como já mencionamos, resultou também do fato de que justamente quem lançara a proposta foi o primeiro a abandoná-la –, a criação da ONU foi acompanhada de uma forte ação de promoção e persuasão acerca das finalidades da Carta de San Francisco, que constituiu o seu ponto de partida, sobretudo nos Estados Unidos. Houve efetivamente uma tendência inicial em supervalorizar as reais possibilidades operacionais da ONU. A Guerra Fria, a conseqüente paralisia do seu órgão central, o Conselho de Segurança, e a predominância do desejo de debater sobre a vontade de agir em todos os seus centros de decisão mitigaram rapidamente essas expectativas. Permaneceu, contudo, uma certa ambigüidade na maneira como os americanos – e depois deles, outros no mundo – vêem a Organização das Nações Unidas.

A ONU é um primeiro passo em direção a um futuro governo mundial? O fato de ter entre suas tarefas prioritárias a de garantir a manutenção da paz e da segurança no planeta, e também, ao menos no papel, os instrumentos para perseguir tal tarefa induzem alguns a pensar que sim. Isso sobretudo em países em que o sentimento nacional não é muito forte e existe também um sentimento difuso de distanciamento de quem detém o poder. Mas a ONU pode ser vista, e outros efetivamente a viram, como um meio para perseguir interesses que talvez sejam compartilhados, mas que em primeiro lugar são interesses nacionais. Não há dúvida de que esta concepção predomina nos Estados Unidos da América, não apenas no Congresso, mas na opinião pública em geral. De fato, a América considera-se o elemento central no processo destinado a manter a ordem, a estabilidade e o respeito ao direito internacional no mundo.

Depois do fim do confronto Leste-Oeste, e sob certas condições, as Nações Unidas – pensam os americanos – podem associar-se a tal tarefa, que coincide precisamente com o interesse da nação americana. É nessa perspectiva que é preciso encarar a atenção particular que os Estados Unidos dedicam a atividades específicas das Nações Unidas, não só as destinadas à contenção dos conflitos e a evitar que eles comprometam a sua segurança e a de seus aliados, mas também outras, tais como as voltadas ao controle e à eliminação das armas de destruição em massa, ou as desenvolvidas pelas instituições financeiras, Fundo Monetário e Banco Mundial, que têm sede em Washington, ou as da Agência das Nações Unidas para a coordenação da atividade no combate às drogas, e assim por diante. Os americanos sentem-se, não sem alguma razão, os criadores da ONU e o seu principal apoio, seja político ou financeiro, além de serem a sua sede natural; sendo assim, a ONU deve corresponder às suas expectativas, caso contrário, estão prontos a se dissociar dela, como fizeram com algumas agências especializadas em cujas atividades perderam a confiança, e com a própria ONU, retendo as suas contribuições caso a estrutura não esteja adequada às suas reais exigências. Sob esse aspecto, a ONU é um instrumento que não age segundo a própria lógica estabelecida na Carta, mas que deve agir segundo a lógica dos maiores países que representa, sobretudo dos Estados Unidos, que são os mais seguros e respeitáveis intérpretes daquela lógica e daquela Carta. É preciso dizer que a União Soviética, embora com um passado histórico totalmente diverso e com capacidade de ação mais modesta, não via as coisas de modo diferente e entendia perfeitamente a razão do comportamento dos Estados Unidos.

A realidade é que a ONU é o instrumento da vontade dos países-membros, e sobretudo dos maiores deles, mas é também um planeta autônomo no qual forças díspares agem, se confrontam e se conciliam, dando lugar a efeitos que não são a soma algébrica daquelas forças, mas resultam de suas próprias regras. Do mesmo modo que os jogadores ao redor de uma mesa de pôquer possuem inteligência e capacidade econômica diferentes, mas o resultado do jogo não corresponde necessariamente àquela inteligência e capacidade econômica, e sim à maneira como elas são aplicadas às específicas regras do jogo. A ONU é o quadro em que a realidade internacional se espelha, mas é também a simulação de uma realidade internacional fictícia.

Em medida diferente, isso vale também para as outras organizações internacionais. Porque, depois do nascimento das Nações Unidas, as mesmas exigências reproduziram-se em outros terrenos, de modo que, no final dos anos 1940 e durante os anos 1950 e 1960, sobretudo em decorrência da descolonização, assistiu-se a uma proliferação extraordinária de organizações internacionais, quer dentro ou fora da família da ONU. Algumas, preexistentes, foram absorvidas por ela. Seria desnecessário enumerá-las todas e duvido que algum dia tenha sido calculada a parte que elas representam efetivamente no produto interno bruto mundial. Quase não há setor da atividade humana que não tenha uma organização que regule e discipline – ao menos em linha de princípio – os seus aspectos internacionais. A saúde fica a cargo da OMS, o trabalho, da OIT, a agricultura, da FAO, a emergência alimentar, do PAM, a cultura, da Unesco, a macroeconomia, da OCDE, o comércio, da OMC, o desenvolvimento industrial, da Unido, a navegação marítima, da OMI e a aérea, da Icao; e ainda: a segurança, os correios, as telecomunicações, o espaço, o combate às drogas, o ambiente, o direito privado e o internacional, os refugiados, a propriedade intelectual; apenas para citar as pontas do *iceberg*.

Paralelamente, muitas vezes sobrepondo-se a elas na competência, há organizações baseadas em critérios territoriais: só no continente europeu existem o Conselho da Europa, a União Européia, a União da Europa Ocidental, a Comissão Econômica da ONU para a Europa (ECE), a Organização para a Segurança e a Cooperação na Europa, a Iniciativa Centro-Européia (ICE), o Conselho Nórdico, o Benelux, a Organização Báltica, apenas para mencionar as maiores. Isso tudo constitui um conjunto gigantesco de atividades, um número impressionante de pessoas trabalhando e certamente uma grande quantidade de documentos, estudos e relatórios emitidos diariamente.

Não é fácil determinar a que parte dessa atividade deve-se atribuir um valor político e que parte assume um caráter puramente técnico: mesmo uma questão estritamente técnica pode adquirir valor político por suas implicações financeiras e também uma organização extremamente setorial de repente pode assumir destaque e notoriedade na imprensa por ocasião da nomeação, por exemplo, do seu diretor geral, sobretudo se há candidatos de diferentes nacionalidades competindo entre si. A eleição malograda de um país a um dos órgãos executivos dessas organizações pode, por sua vez, constituir um insucesso que se repercute no governo e em suas ações, tornando-se, assim, um problema de política externa e de política interna. Ocorreu recentemente de a Itália ser excluída do comitê executivo da Unesco. Isso já havia acontecido algumas vezes no passado, mas ultimamente sempre havia uma reeleição da Itália, quer pelo empenho do país em obter esse resultado, quer pela consideração geral do seu papel no campo cultural. A mídia italiana costuma ter pouco interesse pela atividade das organizações internacionais e provavelmente ignorava por completo, na ocasião, as tarefas do comitê executivo da Unesco. Mas usou a não-reeleição como pretexto para acusar o governo de passividade ao apoiar a candidatura italiana a postos de prestígio internacional e houve quem produzisse até mesmo tabelas comparativas (muitas vezes bastante inexatas) com uma espécie de classificação entre países de peso comparável e estatura internacional baseada no número de cidadãos que ocupam postos internacionais de relevo.

Mas, à parte semelhantes casos-limite, que mostram mais uma ausência que uma presença de real interesse na conduta dos negócios internacionais, o fato é que uma organização internacional produz o seu primeiro efeito político no momento em que se estabelece a sua composição e se lhe atribuiu a tarefa de dirigir seus órgãos mais importantes.

Um problema de classificação

A questão da presença da Itália nas organizações internacionais, sobretudo nos órgãos deliberativos restritos dos quais participam Estados com maior peso na vida internacional, sempre atormentou a diplomacia italiana. Os últimos cinqüenta anos foram para a Itália um longo caminho em direção a esse objetivo, com a convicção de quanto mais alto é o *status* de um país, maior é a possibilidade de satisfazer os interesses da nação e de fazer ouvir a própria voz no contexto internacional.

A ambição por uma classificação superior (que vem de longe e coincide, num certo sentido, com a própria unidade da Itália) pouco a pouco assinalou a admissão à Otan, o ingresso nas Nações Unidas, a fundação, junto com a França, Alemanha e Benelux, das comunidades européias e o ingresso na OCDE. Mas depois de ter superado essas etapas, certamente significativas, dada a condição inicial de país vencido e humilhado, a Itália estava ainda na soleira e não dentro do clube das grandes potências. A diplomacia italiana convenceu-se de ter atingido a meta em 1976, ao ser acolhida no grupo dos maiores países industrializados, o chamado G-7, originariamente composto por Estados Unidos, Japão, Alemanha, França e Grã-Bretanha, que depois se ampliou primeiro com a Itália, depois com o Canadá e hoje com a Rússia. E é correto dizer que foi a diplomacia, em sentido técnico, que obteve o resultado; porque a ação da Itália, nascida como reação à cúpula econômica de Guadalupe, em que Japão e Alemanha se associaram pela primeira vez às três potências ocidentais vencedoras da guerra, desenrolou-se no ceticismo e na indiferença da classe política italiana e com o apoio morno do governo. Entre infinitas peregrinações de uma capital a outra, baseando-se na estreita amizade pessoal que unia o então secretário-geral do Ministério do Exterior, Raimondo Manzini, ao primeiro-ministro britânico Jim Callaghan, capitalizando sobre a condescendência americana, superando a frieza alemã e japonesa e a tenaz hostilidade francesa, num vai-e-vem aparentemente interminável pontilhado por solicitações de audiência, recusas descorteses e respostas consoladoras, foi necessário um longo trabalho que durou quase um ano para que a Itália fosse convidada no ano seguinte para a Cúpula de Rambouillet. O argumento decisivo, juntamente com a realidade do desenvolvimento econômico do país nas décadas anteriores, foi o risco de que a exclusão da Itália do Clube dos Grandes influenciasse em sentido antiocidental um eleitorado dividido entre uma Democracia Cristã desgastada por muitos anos de governo e um Partido Comunista empenhado na ultrapassagem. Portanto, o que atribuiu à Itália o seu lugar entre as maiores potências econômicas do globo foi mais a fraqueza que a força.

A história, a italiana, certamente, tende a se repetir. O G-7 vai perdendo significado e outras metas se sucedem. Até mesmo a batalha na composição do mais importante órgão político internacional, o Conselho de Segurança da ONU, nasceu muito mais da vontade da estrutura diplomática italiana (ou melhor, de uma pequena parte dela) que dos entendimentos do governo. É difícil dizer hoje se terá o mesmo resultado que a do G-7, dando à Itália um acesso privilegiado ao Conselho, ou se fará com que outros não obtenham o que a Itália não conseguir obter, ou ainda se nenhum dos dois objetivos será alcançado. É fácil prever, porém, que não será a última: porque, em qualquer contexto internacional, mesmo entre países amigos e unidos entre si por vínculos de solidariedade e aliança, desde que o mundo é mundo os países maiores tendem a tomar entre si as decisões que dizem respeito aos menores.

Não é, portanto, um problema que concerne somente à Itália. Não há país que não tenha como meta fazer parte de uma organização de Estados ou de um órgão restrito no interior de uma organização da qual já faz parte, quer porque ali se discutem questões relacionadas a seus principais interesses diretos, quer porque isso pode eventualmente ocorrer no futuro ou até mesmo por razões de prestígio. Todavia, no caso da Itália, essa ambição parece ser particularmente freqüente ou mais freqüentemente frustrada, como se houvesse uma diferença muito grande entre o modo como o país vê a si mesmo e o seu próprio papel, e o modo como o país e o seu papel são vistos pela comunidade internacional. Nesse fenômeno podem ser distinguidas duas ordens de motivos estreitamente ligados entre si.

O primeiro motivo é que a Itália é uma potência média que, por tradição histórica, por dimensão populacional, por posição geográfica e, há alguns anos, por potencialidade econômica, ocupa um lugar de destaque na esfera internacional. É uma potência média que pode ser legitimamente colocada como última a chegar entre os médio-grandes e também legitimamente entre os médios *tout-court*. Seus interesses são predominantemente regionais: a Europa, o Mediterrâneo, os Bálcãs, o Norte da África e, por razões históricas, os Chifres da África. Mas a sua estrutura econômica, embora ainda pouco internacionalizada, empurra-a para fora, na América Latina, na Ásia, no Oriente Médio. É uma potência regional com interesses globais. Sua projeção externa, ainda que limitada, tende a aumentar. Considerando-se as décadas transcorridas do fim da Segunda Guerra Mundial até hoje, a posição da Itália, seja como produto interno bruto, seja como renda *per capita*, cresceu até o nível da França e da Grã-Bretanha. Antes do segundo conflito, a Itália ocupava de direito, não em virtude da sua potencialidade econômica, mas do seu peso político, uma posição de grande potência; em Paris, Orlando estava em pé de igualdade com Wilson, Lloyd George e Clemenceau; Stresa e Munique* são fruto de um papel protagonizado por Mussolini. Mas aquele era um mundo em que interagiam poucos protagonistas e quase todos europeus. Países como a Índia, o Egito, a Indonésia não tinham ambições nem voz. Naquela época, era mais fácil entrar para o rol das grandes potências do que hoje para o de uma potência média.

---

* A Conferência de Stresa, realizada em abril de 1935, reuniu Grã-Bretanha, França e Itália, e posicionou-se contra o rearmamento da Alemanha e em defesa da independência austríaca.

Por outro lado, a política externa da Itália nos últimos cinqüenta anos raramente assumiu posições de destaque. Depois das grandes viradas do pós-guerra, da escolha atlântica e da escolha européia, que foram fruto de um sólido consenso interno, a fragilidade das coalizões de governo no período subseqüente, a influência de uma cultura de oposição que teve grande espaço em setores chave da sociedade civil e que rejeitava os valores tradicionalmente associados aos conceitos de pátria e de nação, a desastrosa experiência da política de poder conduzida pelo fascismo, tudo isso condicionou a linha de política externa que, ao se encontrar diante da necessidade de uma escolha, em geral preferiu se refugiar por trás das soluções de compromisso e do abrigo de decisões multilaterais. Não fazer escolhas também é uma escolha: mas não ajuda a ganhar espaço no contexto internacional. Muitas vezes a posição da Itália mostrou-se previsível logo de início: no âmbito europeu, ante uma divisão de campo, seguiu freqüentemente a maioria para facilitar a formação de uma posição comum e em seguida alinhar-se a ela; em âmbito atlântico, procurou posições que conciliassem os pontos de vista dos países europeus com o do aliado americano; no âmbito das Nações Unidas, muitas vezes privilegiou o papel do secretário-geral, isto é, um papel substancialmente de compromisso, quando no Conselho de Segurança produziam-se rupturas que punham à prova sua capacidade de decisão. Essas são posições eqüitativas e, no mais das vezes, sábias. Todavia, raramente deixam marca numa situação internacional. Num âmbito em que cada um proclama colaboração e amizade, mas trabalha para fazer prevalecer os próprios interesses, e em que todo espaço deixado livre é ocupado de imediato, a linha mediana, que raramente garante amigos e menos ainda intimida os adversários, é uma linha vencedora somente quando se tem força para impô-la.

Esse é o dilema da Itália no contexto multilateral: sua linha tradicional de política externa satisfaz suas exigências internas, mas não satisfaz as ambições de sua diplomacia. Ambas podem ser explicadas. Mas adaptar a própria ação internacional à medida tão diversificada e mutável do próprio contexto político interno é interpretado em âmbito internacional como um sinal de fraqueza. E, num ambiente abarrotado, é raro ceder lugar aos fracos.

A burocracia multilateral

Grande parte da atividade multilateral, todavia, não se desenvolve em torno de decisões históricas e nem mesmo importantes. As várias organizações que ocupam a vida das relações internacionais cuidam, no mais das vezes, de aspectos técnicos ou procedimentais que geralmente se exaurem em deliberações de modesto conteúdo concreto. É uma atividade que, tomada singularmente, pelo exame do trabalho realizado, raramente pode ser considerada muito produtiva. Como toda instituição, as organizações internacionais geram burocracia, e a burocracia, por sua vez, produz mais burocracia. Sem querer imitar a imprensa popular inglesa que, para ridicularizar a atividade da Comissão de Bruxelas, relatou decisões inexistentes sobre o comprimento dos tubos de pasta de dente ou sobre o diâmetro mínimo das maçãs, é necessário dizer que parte da atividade desenvolvida nos infinitos conselhos, agências, comissões, institutos, a partir daqueles situados no âmbito da ONU, serve, antes de tudo, para justificar a si mesma.

A realidade das instituições multilaterais não deve ser mitificada, nem se pode esperar de um órgão multilateral mais sabedoria ou mais capacidade de ação do que lhe confere cada um dos Estados que o integram. É freqüente ler e ouvir dizer que tudo o que a ONU faz é sábio, enquanto tudo o que os Estados fazem não o é, como se a ONU fosse movida por algo diferente dos Estados. Todavia, considerada no seu todo, a atividade multilateral proliferada nas últimas décadas, com o complexo sistema internacional a que deu origem, deve ser julgada de modo positivo. Não resta dúvida de que as organizações de segurança, e particularmente a Otan, contribuíram para a prevenção dos conflitos e para a manutenção da paz justamente graças às estruturas organizativas que se seguiram às alianças políticas. Menos eficaz nesse campo demonstrou-se o sistema das Nações Unidas que, pela sua universalidade, não conseguiu (a não ser, como no caso da Coréia, graças a subterfúgios) superar o obstáculo formado pela contraposição prejudicial dos dois blocos: nem no Oriente Médio, nem no Vietnã, nem no Afeganistão, nem na maior parte dos conflitos africanos, a ONU foi capaz de impor a sua autoridade. O fim da era bipolar abre agora maiores perspectivas; mas as dificuldades de caráter político não desapareceram e a elas acrescentaram-se, com a experiência, as de ordem financeira.

Os principais resultados que o sistema multilateral forneceu ao mundo não são de caráter operacional, mas de tipo normativo. Graças a ele, a realidade internacional está contida hoje num complexo aparato de regras que disciplinam a sua existência. Muitas convenções preexistentes também foram organizadas no arco das últimas décadas. Através de normas do mar, do espaço, do transporte aéreo, da energia nuclear, dos sistemas de comunicação; através do controle dos armamentos e em outros infinitos campos de atividade humana, desde o dos direitos das pessoas ao do ambiente, os Estados convencionaram confiar-se a um sistema regulamentar de certo modo obrigatório. A própria diplomacia foi regulada por uma nova e minuciosa disciplina: desse modo, o sistema garante a eficiência do mecanismo que o mantém vivo. A essas obras de codificação não corresponde um poder paralelo sancionador: esse é um problema bem conhecido por quem se ocupa de direito internacional. Mas também sob esse aspecto houve progressos: os mecanismos que a Organização Mundial do Comércio previu para a resolução de controvérsias decorrentes da inobservância ou das interpretações das regras estabelecidas (numa matéria – cabe observar – de enorme sensibilidade para os Estados nacionais) constituem o último e mais importante exemplo de um procedimento convencional que contém em si, mesmo que ainda em forma embrionária, o modo de garantir a sua observância.

O sistema multilateral, assim como existe hoje, ocupa dezenas, centenas de milhares de pessoas. Uma boa parte delas são funcionários ou empregados internacionais, isto é, subordinados às instituições internacionais com as quais trabalham. Às vezes, particularmente nas organizações de caráter geográfico, reserva-se a cada país-membro uma quota de empregados: assim ocorre, por exemplo, na União Européia, onde as admissões e os remanejamentos internos são regulados de modo que não exceda, em particular para os postos de responsabilidade, o percentual de concidadãos a que cada país tem direito. Todavia, na maior parte dos casos, a atribuição dos cargos fica ao arbítrio da cúpula administrativa da organização, num jogo em que o profissionalismo dos candidatos concorre com as pressões dos Estados-membros e com a capacidade destes últimos de influir no processo de decisão. Há organizações internacionais em que o recrutamento favorece tradicionalmente o elemento anglo-saxão, outras em que prevalecem os países em via de desenvolvimento.

O governo e a diplomacia italiana são freqüentemente censurados por terem sido desatentos a esse problema: de fato, a presença de funcionários italianos nas organizações internacionais é quantitativamente baixa, por certo inferior ao peso que o país pode ter na vida internacional e à contribuição financeira que, de forma ordinária ou extraordinária, fornece às próprias organizações. Na verdade, é apenas um aspecto do modesto grau de internacionalização da sociedade civil italiana, cujos sinais são visíveis em todos os campos: no conhecimento limitado de línguas estrangeiras, na pouca atenção que os órgãos de informação dedicam aos fatos internacionais, na escassa propensão do sistema produtivo em se aventurar no exterior, exceto para operações de exportação, e assim por diante. Não é fácil realizar uma "política" do pessoal das organizações internacionais num país em que durante muito tempo se viu o posto de trabalho como um incidente político. Não obstante isso, deve-se buscar, partindo de baixo, a formação de jovens a ser introduzidos gradualmente no mundo das relações internacionais – que, aliás, oferece remuneração satisfatória – segundo um programa de longo prazo, e não apresentando casualmente candidaturas, não raro inadequadas, conforme as exigências do momento.

Ao redor das organizações internacionais e, em geral, de todo o sistema multilateral, não gravitam somente os dirigentes aos quais, aliás, a Convenção de Viena atribui um *status* preciso e reconhece funções, privilégios e imunidades. Gravita todo um mundo complexo e extremamente diversificado de militares, burocratas, juristas, técnicos, especialistas de todos os campos do saber, que participa da vida das relações internacionais trazendo seu profissionalismo específico. Esse trabalho é, em parte, desenvolvido através das representações diplomáticas, para as quais o pessoal em questão é nomeado temporariamente; mas na maior parte trata-se de pessoas que chegam aos locais de reunião partindo das respectivas capitais, para onde retornam assim que a reunião termina. É um vaivém colossal de especialistas que se encontram e se separam todos os dias em todas as partes do mundo. Tudo isso faz parte da política externa? Pode-se chamar de atividade diplomática essa infinidade de peças que pertencem a interesses diversos e que se organizam a cada dia sem uma coordenação central precisa?

Essa é uma pergunta que retoma o velho e jamais superado dilema que contrapõe especialistas a generalistas em política externa, e o debate sobre o lugar onde se situa a linha que divide uns dos outros. É uma controvérsia em grande parte ilusória: o fato é que o Estado-nação não pode enfrentar sozinho os problemas do mundo contemporâneo, que todas as atividades da sociedade hodierna ultrapassam os limites dos Estados mas que, ao mesmo tempo, os Estados soberanos continuam a existir e são eles que ainda hoje conduzem o diálogo internacional. E, até que esse estado de coisas subsista, todo indivíduo que participar de uma decisão entre Estados, seja ela sobre a concessão de canais de televisão, sobre os níveis de emissão de gases nocivos ou sobre os destinos da paz ou da guerra no Oriente Médio, representará os interesses do seu país e, portanto, desenvolverá atividade diplomática e, desta forma, no que lhe diz respeito, fará política externa. E ninguém sabe se no futuro a parte mais significativa da política externa não estará justamente naquela imensa teia de interesses e de relações que antes se diziam técnicas e que adquiriram uma parte insubstituível na vida cotidiana da nossa sociedade.

Progresso e retrocesso da idéia multilateral

Deve-se perguntar se, agora que terminou a terceira, não combatida, guerra do século XX que contrapôs o Leste ao Oeste envolvendo o planeta inteiro, sobreviverá também no futuro a confiança que o mundo nutriu na virtude do multilateralismo desde o final do segundo conflito mundial até hoje. A pergunta é legítima porque uma das funções do sistema multilateral, e uma das razões da sua grande difusão, foi a de permitir que no seu interior se desenvolvessem aqueles contatos que a contraposição ideológica tornava difícil realizar de modo direto. Essa função atenuou-se muito, se não desapareceu totalmente, nos últimos dez anos do século XX. Paralelamente, há sinais de uma tendência em reproduzir no plano bilateral um tipo de problema que a comunidade internacional colocara definitivamente no plano da concordância multilateral, por exemplo, os problemas da segurança. É significativa, sob esse ponto de vista, a evolução que ocorreu na capacidade de decisão do Conselho de Segurança nos cinqüenta anos transcorridos desde a sua criação.

A estrutura da sociedade internacional no momento da assinatura da Carta de San Francisco era, como já vimos, infinitamente mais simples do que é agora. Além disso, as potências vencidas, Alemanha, Itália e Japão, justamente pelo fato de terem sido vencidas, foram excluídas do jogo. A escolha dos cinco membros permanentes e a atribuição a eles do direito de veto respondia, porém, não só ao critério do *vae victis*, mas também à convicção de que uma decisão relativa à segurança de uma região do mundo não poderia realizar-se ou, caso o fosse, não poderia sobreviver, contra a vontade dos Estados Unidos, União Soviética, China, França e Grã-Bretanha; e é bom não esquecer que falar da França e da Grã-Bretanha significava, na época, falar também de uma imensa parte do globo sob o seu domínio colonial.

De fato, o Conselho de Segurança logo demonstrou que não podia agir: obstado por uma das duas grandes potências em qualquer decisão de caráter político e, muitas vezes, também nas de caráter procedimental; com um membro permanente, a China, puramente fictício até 1971, quando a China Continental sucedeu Taiwan; com dois membros permanentes, França e Grã-Bretanha, cuja presença na cúpula mundial não mais se justificava depois do fim dos seus domínios coloniais; o Conselho de Segurança foi o lugar onde as coisas não aconteceram e as decisões não foram tomadas.

Com o fim da Guerra Fria e a cessação dos vetos cruzados de Estados Unidos e Rússia (que tomou o lugar da União Soviética em 1990), o Conselho de Segurança readquiriu a sua capacidade de decisão. Assim, pelo menos, pareceu no início dos anos 1990: a Guerra do Golfo e a restauração da ordem violada por Saddam Hussein com o ataque ao Kuwait foram, mesmo se diplomaticamente conduzidas pelos Estados Unidos, sancionadas pela ONU. E foi o Conselho de Segurança que autorizou uma operação de reconstituição de um Estado desintegrado na Somália e a difícil operação da Unprofor na Bósnia.

Mas à capacidade de decisão reencontrada não correspondeu uma capacidade operacional análoga por parte do sistema como um todo. Uma vez restaurada a possibilidade de produzir a faísca que acione o motor, foi este último que, pela prova dos fatos, revelou-se defeituoso e incapaz de funcionar a contento. Algumas dificuldades são de caráter conceitual e remontam à própria visão que inspirou os criadores da ONU. De fato, a organização foi criada com o objetivo de resolver os conflitos entre os Estados. No entanto, a ONU depara não tanto com conflitos entre Estados quanto com conflitos étnicos e civis para os quais não fora planejada. Do mesmo modo, o direito de veto conferido aos membros permanentes visava garantir a salvaguarda da segurança daqueles Estados que, considerados no conjunto, dominavam em 1945, efetivamente, toda a extensão do planeta. Mas muitas das situações de crise produzidas hoje só afetam os interesses vitais de segurança das grandes potências de modo totalmente indireto. As idéias que estão na base da Carta das Nações Unidas têm origem nas reflexões de um grupo de pesquisadores sofisticados e inovadores que trabalhavam nos anos 1940 com o Royal Institute of International Affairs de Londres e que os compiladores da Carta de San Francisco retomaram em grande parte. É justo reconhecer que, na época, tratava-se de concepções audaciosas e perspicazes. Mas a evolução do sistema internacional e as transformações da sociedade civil impõem-lhes hoje uma releitura e, provavelmente, uma revisão profunda.

Outras dificuldades têm caráter propriamente estrutural e concernem aos procedimentos pelos quais as operações das Nações Unidas são financiadas e tornadas exeqüíveis. Suponhamos que o Conselho de Segurança reconheça que é preciso empreender urgentemente uma operação de manutenção da paz. A partir dessa decisão, o secretariado irá preparar um orçamento, o que pode levar algumas semanas, depois irá submetê-lo ao Conselho consultivo para as questões orçamentárias que, caso o aprove, irá remetê-lo à 5ª Comissão da Assembléia Geral para a decisão definitiva. Nesse ponto, os governos dos países-membros são informados dos gastos, no que concerne à sua parte de contribuição, e o secretário-geral é autorizado a providenciar tudo o que for necessário e nos limites do orçamento fixado. Entre a decisão do Conselho de Segurança – que pode ter sido precedida por várias semanas de debates – e o momento de início da fase operativa, passam-se, no melhor dos casos, alguns meses. E no mais das vezes algumas contribuições dos países-membros não chegam, ou chegam com muito atraso, e a organização enfrentará uma dívida crescente.

Nessas circunstâncias, não é de admirar que haja iniciativas diretas para a manutenção ou para o restabelecimento da paz fora do âmbito das Nações Unidas que, depois, chegam ao Conselho de Segurança somente para receber o seu aval: foi o que ocorreu com a força de paz criada por iniciativa do Canadá para proteger as massas de populações oscilantes entre o Zaire oriental e Ruanda no inverno de 1997, e que depois não teve continuidade; ou com a operação Alba promovida por iniciativa italiana na Albânia na primavera-verão daquele mesmo ano.

Assim como no quadro da União Européia há sinais de uma tendência à renacionalização de matérias já disciplinadas em via multilateral, também no contexto internacional mais amplo tende-se a reproduzir no plano bilateral ou, para usar uma expressão barroca, multi-bilateral, e com iniciativa de cada um dos Estados, aquilo que se convencionara remeter a uma decisão coletiva com base em regras universalmente reconhecidas.

Isso não significa que a diplomacia multilateral esteja prestes a se esgotar. A idéia do multilateralismo adquiriu tal força e consistência e tão densa é a rede de interesses que se entrelaçaram com base nela nessas décadas, que toda a vida das relações internacionais é e continuará a ser profundamente influenciada por ela. Mas áreas específicas em que o elemento político é predominante tendem a subtrair-se a tal idéia. Não por acaso a expressão "interesses nacionais", que durante anos foi quase banida do vocabulário internacional, agora readquire atualidade no cenário mundial; assim como as expressões "interesses regionais" ou "interesses locais" readquirem atualidade no plano nacional.

Capítulo 8

Ética e diplomacia

Por trezentos anos, da paz de Vestefália até a criação das Nações Unidas, o princípio no qual se baseou a conduta dos Estados nas suas relações foi o da salvaguarda dos interesses nacionais. Sob esse nome, naturalmente, colocaram-se também coisas que pouco tinham a ver com o verdadeiro bem do Estado e do seu povo: as ambições pessoais de um monarca ou de um autocrata, a continuidade de uma dinastia, um sentimento exasperado do prestígio do país e de quem o representava. Mas a justificativa última da ação internacional sempre foi o bem real ou fictício, direto ou mediato, que o Estado como tal extrairia dela. A tarefa da diplomacia era a de atingir esses objetivos com o menor sacrifício possível, isto é, de moderá-los com o bom senso; quando essa tarefa falhava, a defesa dos interesses nacionais era confiada não à diplomacia, mas às armas.

O equilíbrio dos interesses

Atribui-se o surgimento da diplomacia moderna à paz de Vestefália, não só porque esta última deu origem a um sistema de equilíbrios na Europa, que com altos e baixos se manteve até o final de 1914, mas porque – com toda a aproximação que comporta a escolha de uma data para indicar o início de um evento histórico – o fim da guerra dos Trinta Anos marcou também o fim das duas visões do mundo que se haviam contraposto uma à outra por séculos: a imperial, de um poder político universal, e a papal, de um disciplinamento do mundo fundado em princípios e sanções religiosas. Isto é, o fim de duas idéias supranacionais que por muitíssimo tempo influenciaram profundamente o pensamento e a conduta dos homens.

A partir da segunda metade do século XIX, os Estados desenvolveram gradualmente um sistema normativo internacional destinado a disciplinar as suas relações em tempo de paz (e também, parcialmente, em tempo de guerra). Mas esse sistema normativo era e é fundado no direito de cada Estado de perseguir os próprios interesses até o limite do análogo direito alheio. Ou seja, é um sistema destinado a fazer conviver os interesses nacionais, não a submetê-los a uma superestrutura ideológica ou moral se não aquela, justamente, da convivência pacífica.

Cada sociedade tem uma visão do que são os próprios interesses num determinado momento histórico. Os pólos entre os quais oscilou essa visão são, com muitos matizes intermediários, os de uma concepção pragmática e de uma concepção heróica do destino de uma nação. A primeira é fundamentalmente estática e abre espaço à diplomacia, a segunda é fundamentalmente dinâmica e abre espaço às armas ou à ameaça das armas. Mas, em ambos os casos, num certo momento a diplomacia é chamada a exercer a sua função, que é a da busca de um acordo: em alguns casos, o acordo é o ponto de partida para uma situação de estabilidade, em outros é apenas um episódio transitório, um momento passageiro rumo a uma nova situação de crise. Tudo depende, precisamente, da percepção que, num dado momento, um povo, ou quem o governa, tem dos próprios interesses fundamentais. Os escritores que se ocuparam de teoria diplomática entre as duas guerras, num mundo que já dava sinais de uma ruptura permanente e dificilmente sanável entre a concepção democrática e liberal predominante nos países anglo-saxões e a concepção autoritária, predominante nas potências do Eixo, viram nessa dicotomia o âmago das relações internacionais.

O princípio do interesse nacional não está nem um pouco superado, mesmo com o fim do século XX e do segundo milênio, assim como não está superada a dicotomia entre uma visão autocrática e uma visão democrática do mundo. Ambos, todavia, sofreram atenuações. Enquanto os Estados nacionais existirem, haverá interesses nacionais que os governos colocados no comando dos Estados se esforçarão para perseguir. Mas, ao lado deles, também se afirmaram, a partir das sociedades desenvolvidas no Ocidente, comportamentos dos Estados que não só não coincidem necessariamente com o seu interesse direto, mas, ao contrário, às vezes estão em contraste com ele. Basta pensar – porque é o caso mais óbvio e mais freqüente – na influência que a temática dos direitos humanos tem hoje na política externa, na conseqüente subdivisão do mundo em países que respeitam esses direitos e países que não os respeitam e na modulação das relações internacionais com base nesses critérios.

Em uma de suas intervenções como representante permanente dos Estados Unidos na ONU, a secretária de Estado americano Madeleine Albright classificou quatro categorias de países mais ou menos desse modo: *a*) países que obedecem às leis; *b*) países emergentes; *c*) países arriscados ("rogue countries"); *d*) países em via de extinção. É uma repartição singular em que, de um lado, os países são considerados sob um perfil ético (os que obedecem e os que não obedecem às leis) e, de outro, são considerados de um ponto de vista socioeconômico (os que emergem e os que se extinguem). Muitas objeções poderiam ser feitas a essa passagem, que talvez não deva ser tomada excessivamente ao pé da letra, à qual talvez a própria senhora Albright não tenha dado grande importância. Seja como for, ela simboliza bem a confusa condição atual das relações entre Estados que, em parte, perseguem objetivos tradicionais de poder com métodos tradicionais (e é com base nisso que lhes é atribuído um lugar na comunidade internacional) e, em parte, são submetidos a novas disciplinas morais ainda não codificadas nem universalmente reconhecidas.

Os direitos humanos

Durante boa parte do século XX houve ideologias – a ideologia fascista, a ideologia comunista – assumidas por grupos de Estados, às vezes com o propósito de impô-las ao exterior, das quais outros se defenderam em nome de sua própria cultura e de sua liberdade de escolha. O respeito aos direitos humanos e à dignidade da pessoa não constitui uma ideologia por si só; é, todavia, um elemento central da concepção liberal e democrática que inspirou a Carta de San Francisco e que não tem, em linha teórica, adversários militantes: mas quais são concretamente esses direitos, como devem ser interpretados e qual é e a quem cabe o poder sancionador em relação às suas violações é assunto sobre o qual as opiniões divergem profundamente e que muitas vezes opõe as democracias ocidentais aos países emergentes.

A necessidade de erigir o respeito aos direitos humanos a elemento central nas relações internacionais também foi justificada com argumentos que pertencem à lógica da diplomacia clássica: isto é, que aqueles países que não respeitam a liberdade e a dignidade individual no seu âmbito interno freqüentemente perturbam a paz e a ordem entre as nações e, por conseqüência, devem ser isolados. É uma tese que Andrei Sakarov defendeu apaixonadamente quando a sua pátria de origem violava uns e outros: e é certamente verdade que os governos que não respondem por seus atos perante os próprios cidadãos e não conhecem as reivindicações da opinião pública não hesitam em se aventurar em empresas externas que, em geral, repugnam a esta última. Mas o aspecto inovador da temática dos direitos humanos não é esse: é o caráter absoluto da prescrição, é o fato de que ela configura, em âmbito internacional, um interesse subjetivo dos indivíduos superior ao dos Estados, que os próprios Estados são obrigados a respeitar e que contraria irremediavelmente o princípio, que subsiste ainda hoje e ao qual nenhum Estado está disposto a renunciar: a não-ingerência nos assuntos internos.

A irrupção dos direitos humanos na esfera das relações internacionais revolucionou muitos aspectos de tais relações e modificou alguns de seus pressupostos básicos. Criou também algumas contradições na conduta dos Estados que, no momento atual, é difícil ver aonde irão desembocar. O próprio conceito dos direitos do homem, isto é, dos direitos que não emanam de uma autoridade espiritual ou do costume, mas que pertencem inalienavelmente ao homem pelo próprio fato de ser homem, foi enunciado, como sabemos, na declaração que selou a Revolução Francesa. Mas desde essa revolução, assim como da americana que a antecedeu, nasce também o direito à autodeterminação dos povos e à sua liberdade de terem a forma de governo escolhida pela comunidade dos cidadãos. Ambos os direitos, o do indivíduo e o da coletividade, constituem o fundamento das sociedades contemporâneas; o primeiro está – de certo modo – na origem do segundo; o segundo assegura o quadro social e, com ele, a proteção do primeiro. Os dois conceitos evoluíram paralelamente nos séculos XIX e XX, embora com infinitas e dramáticas violações, e receberam consagração formal na Declaração dos Direitos do Homem e na Carta das Nações Unidas. Na realidade, mais que caminhar lado a lado, eles se integram reciprocamente; com efeito, muitos casos de violação dos direitos humanos nascem da violação do direito à autodeterminação dos povos.

As contradições, que diferenciam essa matéria no atual momento internacional, e as tensões dela resultantes na diplomacia devem-se, antes de tudo, à falta de uma classificação formal e explícita dos direitos inalienáveis e irrenunciáveis do homem consensualmente aceita; portanto, existe ao redor deles uma área de incerteza não sob o aspecto abstrato, mas no caso concreto. Um elemento ulterior de ambigüidade é constituído pelo processo de identificação dos direitos do homem com os direitos dos povos e pela circunstância de que, enquanto o homem é um sujeito de direito certo e inconfundível, o povo não o é da mesma maneira, e suas características, sua identidade e sua consistência – vale dizer, tudo o que faz dele um sujeito de direito – são muitas vezes contestadas. Hannah Arendt resumiu de modo magistral essa mescla quando escreveu que no mesmo momento em que um indivíduo fica sem cidadania perde efetivamente não só os direitos que lhe eram reconhecidos pelo seu estado de vínculo, mas também os direitos que consideramos inalienáveis e irrenunciáveis, isto é, aqueles direitos que consideramos próprios do indivíduo por natureza mas que, na ausência de um Estado, ninguém lhe pode garantir.

Há essencialmente duas vias para buscar diplomaticamente o respeito aos direitos humanos. A primeira, de caráter unilateral, é a de monitorar os comportamentos e as legislações nacionais, concentrar-se nas violações de tais direitos e, sobretudo, nas mais graves, como o genocídio, a tortura, as prisões arbitrárias, a eliminação dos adversários políticos e assim por diante. Esse caminho – que é o percorrido pelas organizações não-governamentais atuantes no campo dos direitos civis, a partir da mais famosa e mais ativa dentre elas, a Anistia Internacional – visa identificar cada país violador e cada caso de violação e denunciá-los à opinião pública mundial. À denúncia segue-se a proposta de criação de um órgão, ou o acionamento de um órgão já existente, para a apuração dos fatos e a atribuição das responsabilidades; e, por fim, a solicitação de medidas de retaliação, geralmente de caráter econômico, mas algumas vezes também de caráter político, como a interrupção dos contatos governamentais ou a suspensão das relações diplomáticas com o país violador. Essa linha de ação é geralmente compartilhada pelos países anglo-saxões ou nórdicos, liderados pelos Estados Unidos.

A outra via, geralmente escolhida pelos países europeus não anglo-saxões e pelos latino-americanos e que freqüentemente predomina nas organizações internacionais, é a de promover normas convencionais ou obter declarações de intenções dos Estados acerca da observância dos direitos do cidadão e acerca dos critérios para a sua interpretação. A Declaração Universal dos Direitos do Homem, proclamada pelas Nações Unidas em 1948, só adquiriu caráter de pacto com a adoção, dezesseis anos depois, de dois diferentes protocolos, um sobre direitos políticos e civis, o outro sobre direitos econômicos, sociais e culturais, aliás não ratificados pela totalidade (e nem sequer pela maioria) dos membros. Além disso, nenhuma medida de sanção precisa foi contemplada; ao contrário, uma resolução um pouco posterior, que obteve consentimento tanto dos Estados Unidos quanto da União Soviética, excluía explicitamente o direito de investigar individualmente os casos de direito violados: assim, a Comissão dos Direitos Humanos das Nações Unidas permaneceu por um longo tempo muito mais um foro de debate acadêmico que um órgão operacional.

Toda a matéria sobre os direitos humanos foi profundamente influenciada pelas situações políticas em mudança e pelos diversos graus de influência de cada um dos sujeitos internacionais. Basta dizer que nenhum dos cinco membros permanentes do Conselho de Segurança jamais foi objeto de resoluções de condenação por parte da Comissão, embora por certo não faltasse motivo, sobretudo – mas não só – no que concerne à União Soviética e à China. Especialmente na primeira fase da atividade da ONU em matéria de direitos humanos, o objeto da atenção foram os países médios ou novos, quer fossem regidos por regimes autoritários de direita, como o Chile em 1975, Guatemala, El Salvador e Bolívia entre 1980 e 1981, quer por regimes socialistas como a Polônia (1982) ou o Afeganistão (1984) e, repetidamente, é desnecessário dizer, Cuba. E é significativo que o Iraque só passou a ser citado entre os violadores dos direitos humanos depois da Guerra do Golfo de 1991 e que os massacres na ex-Iugoslávia e em Ruanda só se tornaram alvo de atenção dos órgãos societários quando a mídia internacional já havia despertado a indignação de centenas de milhares de leitores e telespectadores.

Não é exagerado afirmar que a temática dos direitos humanos foi, sobretudo no período da Guerra Fria, um instrumento político assim como uma exigência moral. A grande conferência sobre os direitos humanos realizada em Viena em 1993 não produziu resultados concretos particularmente importantes, a não ser a criação de um Alto Comissariado e de uma pequena estrutura de apoio. Teve, porém, um efeito relevante ao difundir o conhecimento dessa problemática e ao aprofundar um debate teórico que não é sem significado também no plano prático: isto é, se nos seus objetivos e na sua aplicação as normas sobre os direitos humanos têm um caráter de universalidade ou se, ao contrário, e em que medida devem levar em conta as peculiaridades históricas, culturais e religiosas que caracterizam as diferentes regiões do globo. É especialmente sobre este último ponto que se concentra a divergência de perspectivas: porque se, em princípio, a universalidade dos direitos humanos é proclamada por todos, as controvérsias se manifestam depois na contraposição entre direitos individuais e direitos da comunidade, se em que grau os primeiros predominam sobre os segundos, e também sobre a objetividade, neutralidade e independência de juízo de quem é chamado a se encarregar da questão. A própria presença, no interior dos órgãos da ONU, de países que são violadores notórios de algumas normas básicas dos direitos dos cidadãos ou a própria elegibilidade de Estados como Irã, Indonésia ou China à Comissão dos Direitos do Homem foram duramente contestadas pelo Ocidente, como se na questão de direitos humanos não fosse lícito conferir a um Estado aquele direito de autodefesa que se concede a um indivíduo. Em poucas matérias como nessa há divergência entre declarações de princípios e ações concretas: e isso vale tanto para os supostos violadores, que na sua esmagadora maioria são países em via de desenvolvimento, quanto para aqueles que se erigem em juízes de tais violações e que são, na grande maioria, países desenvolvidos. E em poucas matérias como nessa há o risco constante de contaminação entre política e norma jurídica. A solução de ampliar o máximo possível o âmbito pactual de tais normas, de fazer com que aqueles direitos que o mundo ocidental considera como direitos fundamentais do indivíduo sejam acolhidos no âmbito interno de cada sujeito da comunidade internacional, continua a ser, malgrado a impaciência de muitos países e de muitas organizações não-governamentais, o caminho preferível. Ainda uma vez a intervenção numa área de contestações e conflitos recorrentes cabe à diplomacia, à qual a matéria dos direitos humanos fornece, ao mesmo tempo, um objetivo a ser perseguido e um instrumento político de ação.

O passo mais audacioso que a comunidade internacional já deu para afirmar o caráter supremo e intangível dos direitos fundamentais do homem ocorreu com a criação de uma Corte penal internacional permanente no quadro das Nações Unidas. Caberá à Corte julgar aqueles considerados culpados pelos maiores crimes contra a humanidade – genocídios, massacres, torturas, estupros em massa – mesmo quando cometidos em observância de leis e obrigações do Estado nacional. Supõe-se assim uma esfera superior de deveres e de comportamentos do indivíduo, uma ética que transcende as legislações nacionais, à qual ninguém, em nenhuma circunstância e em nenhuma latitude, pode subtrair-se.

Pesam muitas incógnitas sobre o funcionamento efetivo dessa Corte, seja pela indeterminação dos crimes contemplados, seja pelas condições políticas que, através do Conselho de Segurança, recaem sobre sua atuação, e sobretudo porque grandes países como Estados Unidos, Índia e China não assinaram sua ata constitutiva. O procedimento de ratificação que fará entrar em vigor a decisão tomada na conferência de Roma, em 1998, anuncia-se longo e difícil.

É inegável, porém, que se trata de um evento profundamente inovador no plano de princípio e, ainda que a vitória dos que defenderam ardorosamente a criação da Corte não possa ser considerada completa, é certo que os seus opositores foram derrotados. O que Nuremberg antecipara no segundo pós-guerra com base no direito do vencedor, o que os tribunais internacionais para os crimes cometidos na ex-Iugoslávia e em Ruanda confirmaram em relação a situações especiais, é afirmado de modo obrigatório e permanente com a Corte penal internacional. Mesmo despojada da excessiva retórica na qual foi envolvida, a conferência de Roma indica um caminho: trata-se de ver se a comunidade internacional pretende percorrê-lo.

O direito ao desenvolvimento

Ao lado dos direitos civis e políticos do indivíduo coloca-se o direito ao desenvolvimento e ao progresso econômico, objeto de uma ampla mas não incontrovertida reivindicação por parte dos países menos desenvolvidos. Como os primeiros, fundamenta-se num pressuposto ético, mesmo se é evidente o aspecto utilitarista que seu reconhecimento comporta para o Estado beneficiário daquelas prescrições. Assim como as democracias desenvolvidas consideram os direitos humanos como absolutos e inelimináveis e não objeto de reservas e condicionamentos, os países em via de desenvolvimento consideram o direito ao desenvolvimento econômico um dado inalienável e não sujeito a nenhuma "condicionalidade": em particular, não sujeito à condição da observância das regras básicas em matéria de direitos humanos. A questão tem uma relevância direta sobretudo em âmbito multilateral, porque nada impede um país de condicionar, se assim o julgar, a própria ajuda bilateral ao desenvolvimento à verificação de certas condições de caráter político, jurídico ou institucional no Estado destinatário. Por sua vez, nas organizações internacionais o problema torna-se uma questão de princípio: é justo e conveniente solicitar a uma organização, cuja tarefa é favorecer o desenvolvimento – o PNUD, o Programa das Nações Unidas para o Desenvolvimento, por exemplo, ou a FAO, ou o Banco Mundial –, avaliações que não se atenham à eficácia ou à economicidade de um programa específico, mas que são de outra natureza, como as relativas ao respeito aos direitos humanos? Ou acoplar à avaliação de cada um dos programas de desenvolvimento o parecer de outros órgãos ou agências que tenham competência institucional em matéria de direitos humanos? Quando uma proposta nesse sentido foi formulada por alguns países doadores no interior do PNUD, há alguns anos, a reação do grupo dos 77, denominação histórica dos países emergentes, foi terminantemente negativa. E, tendo em vista que o grupo dos 77 detém a maioria em todos os órgãos representativos das Nações Unidas, com exceção do Conselho de Segurança, a proposta foi recusada, e hoje parece prematuro reapresentar outras análogas. Há quem defenda que condicionar o direito ao desenvolvimento ao respeito aos direitos humanos é, em si, uma violação dos direitos humanos.

Um condicionamento do direito ao desenvolvimento, não sob o aspecto dos princípios mas sob o da sua aplicação, foi introduzido com a noção de "desenvolvimento sustentável". Desenvolvimento sustentável é, em princípio, o que o próprio termo diz, isto é, um desenvolvimento que não se esgota num único momento, mas que se prorroga no tempo e, assim, pode se auto-alimentar. De fato, a expressão indica sobretudo o conceito de desenvolvimento compatível com a exigência de não alterar a realidade ambiental de maneira irreversível ou de modo que requeira depois intervenções sucessivas para reparar os danos produzidos pelo desenvolvimento. Com efeito, afirmou-se, particularmente nas últimas duas ou três décadas, a convicção de que a exigência de proteger o ambiente, juntamente com a exigência de garantir a paz, é interesse natural de todos os Estados da comunidade internacional e, portanto, um pressuposto básico da sociedade humana no seu todo. Esse interesse pode resumir-se na proposição de que o bem-estar das futuras gerações não deve ser sacrificado pelos interesses da geração atual. Nessa formulação, e não obstante uma prévia hostilidade latente em relação a um conceito que os países em via de desenvolvimento ainda percebem como limitante do seu direito de receber ajuda, a idéia de "sustentabilidade" que se vincula à de direito ao desenvolvimento pode considerar-se geralmente aceita na diplomacia internacional. Obstáculo ainda maior encontra, porém, um outro conceito, também ele qualificativo do desenvolvimento, que alguns países ocidentais gostariam de incluir na idéia de "sustentabilidade": é aquele de que a participação democrática nos países receptores condiciona a qualidade, a eficácia e a duração das intervenções que visam ao desenvolvimento. Um conceito que contrasta com o princípio da não-ingerência nos negócios internos, e como tal é percebido pelos países receptores, que temem não tanto as afirmações de princípio quanto as ações de monitoração e vigilância que são o seu corolário.

A ajuda ao desenvolvimento teve uma evolução singular no plano conceitual, que também produziu reflexos no plano dos instrumentos acionados pelos países doadores. O princípio da ajuda afirmou-se gradualmente no segundo pós-guerra como um ramo marginal da política externa, adquirindo consistência cada vez maior nos países industrializados à medida que o processo de descolonização se concluía e as ex-potências coloniais se encontravam desprovidas, de um lado, das suas possessões e, de outro, também das respectivas responsabilidades. Com a expansão do fenômeno, manifestou-se a partir de certo momento em muitos países uma tendência a subtrair da esfera da política externa a ajuda pública ao desenvolvimento, conferindo-lhe, de certo modo, qualidade de imperativo abstrato e dando a ela uma estrutura de gestão autônoma. Influíram nessa direção razões diversas. Algumas de ordem conceitual, como o propósito de evitar associar as decisões relativas às políticas de ajuda a interesses econômicos diretos ou indiretos dos Estados e das empresas que atuam no setor. Outros de ordem administrativa, como a ausência de tradições (e talvez também de uma suposta falta de atitude) da diplomacia tradicional para enfrentar uma matéria complexa e em grande parte técnica; outras, ainda, atinentes a lógicas que poderíamos chamar de poder, como a aspiração das organizações não-governamentais, que são um instrumento essencial de ajuda, a se libertar da tutela direta do Estado e atuar com maior liberdade no âmbito de agências autônomas. Essa tendência que predominara nos anos 1960 em numerosos países, impulsionada por forças políticas radicais, verdes e muitas vezes das esquerdas católicas, depois se inverteu. A relação entre ajuda pública ao desenvolvimento e política externa retomou em época recente um caráter predominantemente institucional: muitas vezes (é, por exemplo, o caso da França, da Grã-Bretanha e da Dinamarca), a cooperação é novamente incorporada, como nas origens, às atividades do Ministério do Exterior e, mesmo quando um responsável político é designado para essas ações, ele em geral atua sob delegação do ministro do Exterior.

Hoje o instrumento da ajuda ao desenvolvimento é empregado na prevenção e na solução dos conflitos, no combate às drogas, na limitação do crescimento demográfico, no controle das epidemias ou das pressões migratórias, na defesa do ambiente, e assim por diante. A ajuda vai perdendo, assim, aquele aspecto de "valor em si" que tinha nas suas origens, aquele caráter ideológico que assumira numa época em que as ideologias ainda predominavam, recuperando o lugar na ampla gama das relações internacionais ao lado de finalidades como a manutenção da paz ou a própria promoção dos interesses nacionais e sobretudo como instrumento para alcançar tais finalidades.

A experiência demonstrou que, quando não está relacionada a objetivos precisos, definidos no plano multilateral ou nacional e delimitados quanto à sua aplicação dentro de critérios geopolíticos, a ajuda muitas vezes se transforma numa enxurrada de intervenções desconexas, difíceis de monitorar e controlar e, às vezes, é fonte mais de abusos e desperdícios que de resultados concretos. A mudança ocorrida na filosofia do desenvolvimento refletiu-se num documento-guia da OCDE, a organização em que estão representados todos os principais países doadores: ele indica os pressupostos e as regras que devem inspirar a cooperação, as responsabilidades que competem aos países doadores (ou os "parceiros externos", como se diz hoje em linguagem "politicamente correta"), as que competem aos países em via de desenvolvimento e as comuns a ambos.

A política externa concilia-se mal com proposições de caráter abstrato e geral, na medida em que os sujeitos aos quais ela se destina, diferentemente do que costuma ocorrer em política interna, não estão submetidos a um único sistema normativo e a um mesmo código de conduta. A enunciação de princípios não constitui um guia se não tem correspondente na definição de prioridades e de iniciativas específicas. A experiência de cinqüenta anos de cooperação ao desenvolvimento é, a seu modo, uma confirmação disso, e a Itália, que assistira à multiplicação em poucos anos dos meios disponíveis sob o impulso de pressões generosas e irresponsáveis, com propósitos de ajudas universais sem que tivessem sido preparados instrumentos adequados e, muitas vezes, sem objetivos concretos, viveu diretamente essa contradição.

Do mesmo modo que o respeito aos direitos humanos, a ajuda ao desenvolvimento fundamenta-se não em interesses nacionais, mas em pressupostos de caráter ético. Isso constituiu um elemento profundamente inovador na política internacional e, conseqüentemente, na atividade diplomática ao âmbito da qual, após várias hesitações, parece agora destinado a regressar integralmente. Mas, para ser eficaz, precisa de rumos concretos, cuja definição exige uma avaliação feita não só à luz dos interesses do Estado beneficiário, mas também dos interesses do Estado doador. Muitas vezes a ajuda é concebida como caridade, que é algo diferente e funda-se em princípios voluntaristas: a ajuda pública, enquanto recai sobre toda a comunidade nacional do doador, não pode deixar de considerar também os interesses fundamentais deste último e sua visão da sociedade internacional. Sem esse vínculo com a realidade, nenhuma política de desenvolvimento é eficaz e duradoura no tempo.

Capítulo 9

Realistas, idealistas e profissionais

Os interesses e os princípios

As universidades e os institutos de pesquisa elaboraram muitos esquemas teóricos para interpretar o curso dos acontecimentos internacionais e para avaliar a conduta dos Estados. Os homens de governo, quando tomam decisões em matéria de política externa, raramente consultam os estudiosos e deixam as teorias de lado, mas também eles têm uma visão de mundo e dos critérios de ação: e é a partir dessa visão que o mundo adquire depois a sua ordem. Simplificando ao máximo, pode-se dizer que em política externa existem duas linhas fundamentais: a realista e a idealista. Os realistas julgam as coisas pelo que elas são e procuram extrair delas o maior benefício possível. Os idealistas julgam as coisas pelo que deveriam ser e se esforçam em criar condições para que se realizem. Muitos pensam, por exemplo, que a própria essência do Estado nacional e o conseqüente conflito de interesses são por si sós uma fonte de tensão e de guerras: o mundo deveria, portanto, organizar-se de forma que superasse as soberanias nacionais ou, no mínimo, limitasse e regulasse o seu alcance através de várias formas de estruturas multilaterais e dando mais importância ao bem comum que à ação autônoma dos sujeitos. Naturalmente, há muitas formas intermediárias entre essas duas concepções extremas. Ultimamente tem-se desenvolvido uma tese que poderíamos chamar liberalista, que vê na crescente liberalização das estruturas econômicas, no plano global e na crescente expansão das instituições democráticas e liberais no plano das organizações internas o processo que levará natural e espontaneamente à criação de uma sociedade internacional mais harmônica e mais pacífica. É uma tese em parte idealista, na medida em que coloca as esperanças do bem comum no futuro, e é realista no sentido de que o fenômeno da globalização efetivamente está em curso e já modifica a vida internacional, submetendo-a a tendências que superam a vontade dos governos.

Essas diferentes concepções do futuro da sociedade internacional têm reflexos no posicionamento da opinião pública e das classes dirigentes em relação àquele que é o instrumento típico da ação internacional dos Estados, isto é, a diplomacia. É natural que os que pensam que o papel dos Estados nacionais está em via de esgotamento pensem também que as formas clássicas por meio das quais os Estados dialogam entre si estão destinadas a declinar e que novas formas de conciliação e de expressão da vontade comum tomarão o seu lugar. Para os realistas, ao contrário, seja qual for o objetivo de uma iniciativa internacional, quer consista na satisfação de um interesse subjetivo, quer na obtenção de uma finalidade geral, a ação só pode ocorrer através do diálogo, da conciliação, dos acordos, das sanções, das pressões ou das intimidações, isto é, através dos meios tradicionais da diplomacia, e no futuro provavelmente continuará a ser assim.

Nenhuma dessas duas visões fundamentais pode ser considerada por si mais nobre. Ao idealismo também pertencem formas distorcidas de internacionalismo ideológico como as que inspiraram as relações externas da União Soviética nos anos 1920 e início dos anos 1930, e da China de Mao Tsé-tung, ou o proselitismo cubano na América Latina e na África; e o próprio integralismo islâmico tem em si os germes de um internacionalismo teocrático militante. Em alguns casos, houve uma rejeição inicial das estruturas históricas da diplomacia, dos seus usos e das suas linguagens, mas em geral a rejeição foi superada com o passar do tempo diante da dificuldade de manter por muito tempo situações isoladas não compreendidas pelos outros membros da comunidade internacional. Por outro lado, pertencem ao idealismo as formas mais avançadas, talvez utópicas, de multilateralismo, e muitas vezes seus portadores são as forças políticas de minoria e as organizações não-governamentais, mais que os governos.

Nos anos da Guerra Fria, a vida internacional foi dominada pelo contraste entre as duas superpotências, pelo desejo de prevalecer por parte de um ou de outro campo e pela conseqüente busca de vantagens de ordem política, estratégica, econômica, tecnológica ou cultural. A hostilidade dos dois alinhamentos tinha origem nas diferenças de caráter ideológico, mas a conduta dos Estados pareceu inspirada em considerações eminentemente realistas. O fim do conflito Leste-Oeste fortaleceu, como vimos, o desejo de basear a vida internacional não na força, mas no consenso, e produziu uma confiança renovada, ao menos inicial, na virtude do multilateralismo. Mas seria difícil negar que em alguns grandes temas enfrentados nesses anos, tais como o desenvolvimento sustentável e o ambiente, a proibição do uso das minas anti-homem, a criação de um Tribunal Penal Internacional, a não-proliferação das armas nucleares, a atitude de alguns grandes protagonistas do cenário internacional, como Estados Unidos, China, Índia (que sozinhos somam mais da metade da população mundial), permaneça ligada aos princípios do interesse nacional. A fragmentação da sociedade civil, embora tenha produzido um enfraquecimento do poder do Estado, não mudou significativamente essa tendência. A política do poder não está nem um pouco ausente da vida internacional e é lícito duvidar que isso ocorra nos anos vindouros.

A diplomacia de cúpula

Muitas razões são aduzidas, em geral de modo confuso, para sustentar a tese de que a diplomacia como forma de diálogo entre os Estados está se transformando radicalmente e que isso acarreta uma obsolescência igualmente radical da profissão diplomática. Uma dessas razões, por exemplo, é a de que a política internacional agora se desenvolve diretamente entre os responsáveis políticos e que resta à diplomacia somente uma função de moldura e de suporte, sem uma autêntica autonomia de ação. Trata-se de uma convicção difundida, mas que, assim como muitas outras, capta apenas alguns aspectos exteriores de um fenômeno complexo.

Não há dúvida de que os encontros entre chefes de governo, ministros do Exterior, ministros da Defesa e todos os outros responsáveis pelo governo em matérias que têm reflexos internacionais multiplicaram-se vertiginosamente; que se tornou absolutamente comum tratar os negócios de Estado por telefone quando motivos de urgência ou sigilosos, ou até de simples cortesia assim o requerem; que, em suma, tenha ocorrido uma "personalização de cúpula" da vida internacional. Mas esse fenômeno não pertence somente às relações externas; aliás, atinge provavelmente tanto o cenário internacional como o interno. Um encontro entre dois ministros do Exterior só ocasionalmente é fruto de uma exigência específica, e raramente eles dizem coisas que não poderiam ser comunicadas de outra forma: mais amiúde é ditado por razões de imagem, pela necessidade de assegurar uma "presença" política ou, muitas vezes, em respeito a um calendário fixado, esse sim com base em escolhas políticas. Isso significa algo que todos os diplomatas sabem bem: que no mais das vezes não é importante o que se dirá num encontro internacional, mas se o encontro acontecerá ou não. O evento principal não é, portanto, a substância, mas a forma, que todavia está estreitamente ligada à figura dos seus protagonistas.

Quanto mais as comunicações se aceleram, mais se facilitam os contatos, mais se difunde o hábito de deixar a própria capital pela manhã para retornar à noite, ao final de um encontro com o colega de um outro país, menos tudo isso é suficiente para ser notícia. Mesmo porque não são apenas os políticos que vivem assim: todo homem de negócios contata os próprios interlocutores em qualquer parte do mundo com um mínimo esforço e se desloca ininterruptamente de um continente a outro. Para dar a tais ritos um caráter de excepcionalidade é necessário enaltecer seus atores, fazer deles – o quanto possível – estrelas de rostos reconhecíveis e adaptar os encontros às suas características: introduzir novos elementos de imprevisibilidade na atividade de quem já tem a reputação de ser imprevisível, elementos de rigor nos rígidos, de pacificação nos pacifistas, de belicosidade nos belicistas. Sob esse ponto de vista, Margaret Thatcher representou em época recente um exemplo dificilmente superável. Tão fiel a si mesma, tão rica de dramaticidade e de furor, sua presença era suficiente para animar e tornar agradável o mais monótono e árido dos conselhos europeus: se os órgãos de informação tivessem revelado que todo o seu conhecimento técnico e orçamentário, toda a sua argumentação implacável contra os índices de preços comunitários da manteiga e do leite não pertenciam, nem podiam pertencer a ela, mas constavam, linha por linha, nas anotações que o Foreign Office e o Cabinet Office lhe haviam preparado, teriam certamente dito algo verdadeiro, teriam feito justiça à obra de diplomatas zelosos, porém não teriam prestado um serviço nem a si mesmos nem à política externa britânica da época.

A personalização da ação diplomática, a multiplicação dos encontros de alto nível e dos contatos entre responsáveis políticos constituem, portanto, elementos importantes, talvez necessários na política externa de hoje justamente na medida em que ela se manifesta diretamente numa dimensão pública. Mas não se pode dizer que seja igualmente necessário no plano substancial, visto que a matéria é quase sempre preparada com antecedência e raramente deixada à improvisação.

A difusão das "cúpulas" (tão freqüentes que a própria palavra mudou em parte o seu significado, tornando-se quase sinônimo de "encontro"), sejam elas bilaterais ou multilaterais, comporta um crescimento exponencial do trabalho diplomático preparatório: em nível de chefes de Estado e de governo, os G-7 são precedidos por reuniões preparatórias de funcionários – os chamados "sherpa"* – que têm início assim que o encontro anterior é concluído. Aproximadamente a cada dois meses, os encarregados dos respectivos chefes de Estado e de governo se encontram para ajustar entre si um documento sobre os principais temas econômicos e sociais do momento: o comunicado fica pronto um ano depois. Em geral, o tempo transcorrido o torna obsoleto, e isso é remediado com longas sessões noturnas nos últimos dias antes do encontro. Trata-se de um trabalho árduo, mas não desnecessário, que permite conhecer o ponto de vista de cada um dos participantes sobre uma série de questões que pesam na vida internacional e identificar o seu denominador comum. A esse respeito, o que talvez seja desnecessário é a própria presença dos chefes de governo: em regra, eles aprovam o comunicado, depois de ter aprovado no curso de um ano cada uma de suas passagens. Os meios de informação, sabendo que o trabalho teve uma longa preparação e que, portanto, só apresenta alguns elementos marginais de novidade, se desinteressam dele: em geral, trata-se de um documento tão longo que é até mesmo difícil reproduzi-lo por inteiro, exceto na imprensa especializada. Depois, cabe aos protagonistas do G-7 enfrentar algumas questões de atualidade; mas, se isso não for suficiente para justificar o evento, a

* Em referência aos carregadores do Himalaia que ajudam os alpinistas a chegar ao topo das montanhas. (N. do E.)

viagem de tantos homens de Estado eminentes, a presença de centenas ou milhares de seus colaboradores e de milhares de jornalistas, um forte esquema de segurança e muitas vezes a paralisação de uma cidade inteira, então uma organização prudente esforçar-se-á por substituir os valores do conteúdo pelos da imagem. Talvez o elemento mais significativo do G-7 sob a presidência britânica em Birmingham, em 1998, tenha sido uma fotografia de Tony Blair e Bill Clinton que se curvavam para colher flores do campo.

As reuniões de cúpula são, pois, acontecimentos pré-elaborados que na grande maioria dos casos reservam poucas surpresas, sobretudo quando se trata de encontros multilaterais. A própria freqüência com que se recorre a elas garante a sua inocuidade. Todavia, elas marcam o compasso e a sucessão das várias fases da política internacional, e nisso não diferem das conferências que marcaram a história européia no século XIX e na primeira metade do século XX. Se fizermos uma retrospectiva dos acontecimentos europeus da primeira metade do século XX, sobretudo daqueles entre as duas guerras ou imediatamente após a segunda, veremos que eles estão marcados por "conferências". Os Acordos de Londres sobre os Bálcãs, a conferência de Washington sobre os armamentos navais, e depois os nomes de Locarno, Stresa, Munique, Teerã e Yalta. A segunda metade do século, embora prolífera de encontros, resume-se em poucas etapas cruciais – Bruxelas e a criação da Otan, Roma e o nascimento das comunidades européias, Varsóvia e o alinhamento do Leste Europeu, Helsinque e o início da distensão, o Pacto de Bandung e os não-alinhados, talvez Maastricht e a União monetária, talvez algum outro. Os inúmeros outros encontros de todo tipo deixarão vestígios sobretudo nos arquivos dos países participantes e na memória dos especialistas.

A proliferação das reuniões de cúpula não substitui a diplomacia, mas banaliza-a. Cria também a convicção de que os grandes do planeta dedicam muito tempo à política externa, o que raramente acontece.

Que uma reunião de cúpula perturbe os planos preparados pela diplomacia tradicional e dê lugar a um livre confronto de idéias entre os interlocutores políticos e a decisões inspiradas pelo momento é um fato tão insólito que, nos raros casos em que acontece, merece ser lembrado. Um exemplo famoso foi dado pela cúpula russo-americana de Reykiavik, em 1986. Tanto Reagan quanto Gorbatchov se dirigiam separadamente para um encontro no Norte do Atlântico para negociar uma redução dos armamentos nucleares: o russo, movido pela necessidade de revitalizar uma economia frágil e sufocada pelas despesas militares; o americano, por uma genérica e incompreendida vontade de afastar a ameaça atômica que, apesar da supremacia estratégica norte-americana pairava sobre os próprios Estados Unidos e sobre o resto do mundo. O objetivo da diplomacia americana era obter uma redução equilibrada e gradual de 50% dos armamentos nucleares; o da diplomacia russa ia no mesmo sentido, mas tornou-se incerto pela potencial ameaça do adversário de dar continuidade à SDI, a Iniciativa de Defesa Estratégica ou guerra nas estrelas, como foi apelidada, que, se levada a termo, teoricamente tornaria ineficaz todo o armamento nuclear estratégico da União Soviética, qualquer que fosse o montante de reduções combinadas.

Consciente de sua força e movido pelo desejo de conquistar um lugar na história por ter libertado o planeta do pesadelo nuclear, Reagan propôs a Gorbatchov não a redução, mas a eliminação total do respectivo armamento nuclear estratégico. Surpreendeu, assim, não apenas os russos, mas sobretudo a sua própria delegação, totalmente despreparada para tal eventualidade. Gorbatchov, sem dar assentimento explícito, mostrou-se encorajado. No dia seguinte, falou-se da SDI e do seu destino. Nesse ponto os soviéticos tergiversaram: a certa altura, Reagan levantou-se e deixou a mesa de negociações ao mesmo tempo deitando por terra a opção radical que ele próprio havia proposto. Há várias interpretações para essa atitude. Uma delas é que Reagan lançara a sua oferta apenas para acoplá-la à SDI, comprovando a eficácia de um projeto do qual ele próprio não estava absolutamente seguro. Uma outra interpretação é que só percebeu o caráter radical da sua proposta e o efeito negativo que ela teria sobre os aliados quando a delegação que o assistia o advertiu dos riscos. Abandonando o embate, Reagan subtraiu-se efetivamente ao impasse constituído por uma proposta intempestiva e não suficientemente preparada, que Gorbatchov não aceitou de imediato, como seria do seu interesse fazer, pois ele mesmo não estava preparado para isso.

O secretário de Estado americano Shultz foi à Otan para explicar o ocorrido, encontrando em Bruxelas quinze colegas desorientados e perplexos. Shultz garantiu ser verdadeira a seguinte tese: que a idéia de Reagan de um mundo sem armas nucleares era uma mensagem generosa e visionária, uma aposta no futuro que a diplomacia americana mantivera em termos realistas que não comprometiam a segurança da Aliança. A negociação sobre a redução dos armamentos nucleares foi retomada efetivamente no ano seguinte sob o controle dos aparatos burocráticos do Departamento de Estado e do Pentágono. Só teve fim em 1989, e com o colapso da União Soviética. A cúpula de Reykiavik, e o modo livre e improvisado pelo qual se desenrolou, não favoreceu Gorbatchov e revelou o lado utópico do caráter de Reagan e talvez um traço de senilidade. Por isso, e não por seus resultados, é lembrada ainda hoje.

Generalistas e especialistas

A personalização da política externa e a facilidade com que os chefes de Estado e de governo entram diretamente em contato entre si não incidem na essência da ação diplomática mesmo se, deslocando o centro de atenção para os principais responsáveis políticos, atenuam a sua visibilidade. A diplomacia não foge à tendência geral da mídia de transformar a notícia em espetáculo. Uma tendência que nasce da cultura televisiva do nosso tempo e que tem no espetáculo, ou, para ser mais preciso, no entretenimento, o seu fundamento. Mais difícil é responder a uma outra observação corrente, que diz respeito não à diplomacia em si, porém mais especificamente à profissão diplomática e à maneira como ela geralmente é organizada. O extraordinário aumento da dimensão internacional na vida e no desenvolvimento da sociedade civil não permite mais – como se diz com freqüência – confiar um problema tão vasto a um único corpo do Estado, por mais profissionalmente preparado e cuidadosamente selecionado que seja. É possível que um número limitado de pessoas tenha condições de dialogar e negociar sobre questões tão diferentes como economia, finanças, ambiente, política, transportes, telecomunicações, ciência e cultura e sobre tudo aquilo que tenha um reflexo externo, vale dizer, praticamente todo setor da atividade humana? Colocada nesses termos, a questão só pode ter uma resposta negativa. Mas, mais ou menos espontaneamente, e sem que o fenômeno tenha sido bem estudado, a ampliação da atividade internacional já produziu profundas mudanças nas finalidades e no exercício da profissão diplomática. Um embaixador no exterior, de qualquer país que seja, e em certa medida também os próprios ministérios do Exterior viram a sua atividade de centros de produção de idéias e de propostas transformar-se pouco a pouco em centros de distribuição e de serviço. A estrutura diplomática, seja ela central ou periférica, mantém a sua característica essencial de fonte primária apenas nos aspectos mais especificamente políticos ou (com os ministérios da Defesa) político-militares das relações internacionais. Em outros campos, a estrutura diplomática não produz mais as idéias, vende-as. Isso não significa que sua importância tenha diminuído.

Não se trata tampouco de um fenômeno que lhe seja exclusivo: mesmo na atividade de uma empresa moderna, quem ocupa a posição central é o marketing e não a produção. Não se faz um produto para depois se perguntar qual é o melhor modo de vendê-lo; faz-se um produto ou dimensiona-se um produto existente em função daquilo que o mercado quer e das perspectivas de vendê-lo.

Nas páginas anteriores procurou-se identificar quem faz hoje o produto em política externa: o governo, é claro, e por ele o Ministério do Exterior. Mas, junto com o Ministério do Exterior, as outras administrações do Estado, a começar das financeiras (cuja função, que na organização italiana é do diretor geral do Tesouro, tem no âmbito internacional uma importância e uma visibilidade por certo não inferior à do diretor geral dos Negócios Políticos do Ministério do Exterior). Depois, concorrem as outras administrações do Estado, cada uma segundo sua própria competência ou, como muitas vezes acontece, cada uma pela parte de competência de uma outra. Mas o projeto geral, se é que se pode falar de projeto, é o resultado de vozes díspares – imprensa, empresas, partidos políticos, organizações não-governamentais, *lobbies*, centros de pesquisa – filtradas nas democracias parlamentares pela grande câmara de compensação das instituições representativas. Tendo em vista que ao Ministério do Exterior, como órgão que cuida da coordenação da atividade internacional do Estado, cabe organizar e, através da rede diplomático-consular, tornar dignas de crédito e aceitáveis as posições que emergem dessa multiplicidade de vozes, o que se requer da profissão diplomática é geralmente muito mais um talento organizativo-empresarial que um talento analítico-especulativo.

Julgar-se-ia mal uma estrutura diplomática olhando-a somente no quadro da sociedade nacional do qual é a expressão, porque ela existe em função das estruturas com as quais evolui e interage, isto é, das estruturas diplomáticas dos outros países. Tende, portanto, a se integrar nestas últimas, a assimilar-lhes os modos, linguagens e comportamentos e a ceder-lhes os próprios, a constituir com elas um "corpo diplomático" universal, uma espécie de comunidade de elite que se encontra em cada canto do planeta. O que é preciso perguntar é se ela, e não cada uma das estruturas nacionais, ainda atende aos objetivos para os quais surgiu com o nascimento dos Estados modernos e para os quais evoluiu desde então.

As mudanças da profissão

A resposta mais óbvia é que, se os Estados mantiveram esse instrumento conservando substancialmente inalteradas suas características básicas e se nenhum modelo alternativo mais eficaz foi proposto como meio de diálogo entre Estados, isso significa que a profissão diplomática conserva ainda hoje a sua validade. Porém, pode-se acrescentar que, sendo o diálogo a função precípua da diplomacia, é óbvio que essa função é facilitada se é desenvolvida entre organismos relativamente homogêneos que têm em certa medida valores e raízes culturais comuns. Pense-se em quanto se tornou mais fácil o diálogo entre os bancos centrais, que hoje é tão crucial, pelo sentimento de vínculo a uma mesma cultura financeira ou pelo hábito de encontros regulares em condições de relativo isolamento como os dos banqueiros centrais do clube dos dez principais países em Basiléia. O "corpo diplomático" como um todo assume essas mesmas funções.

O que evidentemente é necessário é não apenas que a diplomacia não se identifique com determinada classe social – isso de fato já aconteceu por toda a parte – e que esteja aberta a orientações e instâncias de cada setor da sociedade civil, mas também que recrute no exterior, de tempos em tempos e pelo período necessário, aqueles profissionais especializados que uma formação necessariamente generalista não lhe forneceu. Um representante permanente numa organização internacional com amplo espectro de atividades como a ONU irá requerer, por exemplo, a consultoria de especialistas em matéria militar, em matéria jurídica e de administração da justiça, em matéria ambiental, em matéria de desenvolvimento, e assim por diante; mas deverá ele próprio ter, no mínimo, "algum conhecimento" de cada uma dessas matérias; e, mesmo se sua formação não o tenha preparado minimamente, em geral, até o final da sua carreira, o terá. Por certo, esse processo será acelerado por um sistema de formação e recrutamento que não enfatize apenas as disciplinas que refletem a esfera de interesse da diplomacia do passado e que são de ordem histórico-política, jurídica e econômica, mas aborde também alguns grandes temas que hoje permeiam a comunidade internacional, como o ambiente, o desenvolvimento, os movimentos populacionais ou a criminalidade.

Em geral, debate-se, especialmente nos Estados Unidos, sobre a oportunidade ou não de introduzir na estrutura diplomática em posição de destaque elementos provenientes do mundo político, do mundo empresarial, financeiro ou universitário, com base em escolhas de ordem política. Em alguns países, aqueles, por exemplo, que, por suas reduzidas dimensões ou por suas identidades nacionais recentes, não têm um corpo de profissionais para essa tarefa específica, trata-se de uma necessidade. Em outros, como nos Estados Unidos, de uma opção em cuja origem estão quase sempre considerações eleitorais ou partidárias. Em outros casos ainda, isso ocorre em momentos particulares da vida nacional, em decorrência, por exemplo, de mudanças radicais nas instituições políticas, como ocorreu na Itália depois de 1945, ou na Espanha depois de Franco ou nos países da Europa centro-oriental após a queda dos regimes comunistas.

Para ficar no caso dos Estados Unidos, onde a administração tem ampla liberdade para nomear de tempos em tempos este ou aquele chefe de missão, este ou aquele outro alto dirigente do Departamento de Estado, buscando-o não nas fileiras da estrutura, mas no exterior (cerca de um terço dos embaixadores americanos é de origem política), os resultados do sistema são, no mínimo, duvidosos. A desvantagem de um embaixador não-profissional é dada geralmente pelo seu escasso conhecimento da problemática internacional e pela grande dificuldade que encontra em se inserir num tecido relativamente homogêneo como é o da diplomacia profissional. A vantagem é dada pela particular relação de confiança que o liga ao executivo que o escolheu para aquela função. Essa particular relação de confiança é importante se a atividade de um chefe de missão tem um alto conteúdo político – como geralmente é o caso para um embaixador americano, que se torna de imediato um personagem político em qualquer país a que é enviado – e muito menos importante se a atividade tem uma função predominantemente gerencial e administrativa, como é o caso de muitíssimos chefes de missão correndo o mundo.

É difícil extrair da experiência alheia considerações de ordem geral sobre esse assunto: em princípio, quando se recorre a chefes de missão não-profissionais, a escolha de pessoas provenientes do mundo empresarial se revela geralmente mais feliz que a de políticos puros, seja pela importância que os aspectos empresariais e organizacionais assumem na vida diplomática de hoje, seja pela familiaridade natural que um empresário de bom nível não pode deixar de ter com a dimensão internacional dos problemas do seu país.

Que efeito terá no mundo da mídia e, através dele, nas relações internacionais e na ação da diplomacia a revolução da informática atualmente em curso? Em que medida a internet substituirá os tradicionais canais de informação? De que modo isso transformará a comunicação entre Estados e até que ponto a diplomacia será beneficiada pelo fato de ter acesso a um número quase ilimitado de informações e de transmitir a todo o planeta um número quase ilimitado de mensagens? Muitas respostas acerca do futuro da diplomacia são incertas, mas as respostas a essas perguntas são talvez ainda mais incertas que outras. Quando se vêem pelas ruas das grandes cidades européias multidões de transeuntes com um telefone celular ao ouvido é difícil não lembrar da afirmação de John Gage, diretor científico da Sun Microsystem, segundo o qual metade da população que vive atualmente no globo não deu e nem dará em toda a sua vida um único telefonema. Se for assim, podemos, no mínimo, prever que os próximos anos marcarão uma ruptura crescente entre países com elevado desenvolvimento tecnológico e países mais atrasados: o problema não concerne tanto à possibilidade das classes dirigentes de um ou outro país de se dotarem de meios tecnologicamente sofisticados para ter acesso às informações de que necessitam, quanto à participação direta ou indireta no processo de decisão de todos aqueles potenciais sujeitos, e vimos como são numerosos e influentes, que correm o risco de ser deixados fora das transformações tecnológicas que passam sobre suas cabeças. Desse modo, poderemos ter uma diferença cada vez maior entre países "in" e países "out", não só no plano da economia, mas também no modo de formação da vontade e, portanto, das escolhas da política externa: entre sistemas cada vez mais elitistas que detêm o monopólio das informações e das comunicações nos países com baixo desenvolvimento tecnológico e sistemas que recebem uma infinidade cada vez maior de instâncias, de propostas e de críticas provenientes da sociedade civil nos países mais avançados. A idéia de que as ofertas ilimitadas da tecnologia da informática unem o mundo ainda precisa ser demonstrada: o mundo era talvez mais homogêneo antes do que o será daqui a cinqüenta anos.

Naturalmente o número de visitas a um *site* da internet não corresponde a um aumento real do nível de conhecimento; mas é inegável que a tecnologia da informática contribui de algum modo para ampliar o número dos que têm acesso às notícias e podem acompanhar os acontecimentos internacionais.

No estágio atual, é no mínimo duvidoso que a aceleração da informação também ative os processos de decisão nas relações entre Estados. Videoconferências e grupos de trabalho virtuais são tecnicamente possíveis já há vários anos, mas o seu ingresso na vida diplomática foi muito limitado até agora. A circulação de um documento entre várias capitais para obter o consenso dos respectivos governos é hoje provavelmente mais veloz que antes, mas não de modo particularmente significativo. Até os mensageiros diplomáticos, aqueles senhores que, com um saco de lona lacrado na mão, se deslocavam da própria capital para cada uma das embaixadas para distribuir a correspondência mais reservada, cuja figura criou através dos tempos mitos e conjecturas de todo gênero, embora tenham perdido grande parte da sua utilidade, assim como toda instituição consolidada, não desapareceram e de algum modo ainda sobrevivem.

As embaixadas virtuais pertencem por ora ao futuro. E duvido que algum dia se chegue a elas: há um aspecto central da função representativa, que é o elemento fundamental e característico das embaixadas e dos escritórios consulares, constituído pela radicação no território. A vida diplomática é feita de relações pessoais, de encontros, de presença. É inserindo-se no ambiente local e vivendo a vida do país em que se é acreditado que a função diplomática pode ser eficaz. Substituir essa trama de relações por comunicações que aparecem numa tela e são transmitidas de centenas ou milhares de quilômetros de distância por interlocutores anônimos é possível: mas ter-se-ia uma transformação igualmente profunda da esfera internacional tanto quanto o seria, na esfera política, se se planejasse substituir a vida das assembléias parlamentares pelo *e-mail*.

As razões de cada um

Harold Nicolson, autor do mais famoso livro sobre diplomacia já escrito, há sessenta anos fez um juízo sobre a diplomacia italiana que vale a pena citar por extenso:

> O objetivo da política externa italiana é obter, através da negociação, mais importância que o peso real do país. Portanto, é o oposto do sistema alemão, porque não baseia a diplomacia na força, mas baseia a força na diplomacia. É também o oposto do sistema francês, visto que, em vez de procurar garantir-se aliados permanentes contra inimigos permanentes, considera seus aliados e seus inimigos como intercambiáveis. É, por fim, o oposto do sistema britânico, porque não persegue objetivos duradouros, mas vantagens imediatas. A sua concepção de equilíbrio das forças difere da britânica: porque a Grã-Bretanha interpreta esse princípio como destinado a evitar que um único país possa dominar a Europa, enquanto a Itália persegue um equilíbrio que possa ser alterado, numa direção ou em outra, unicamente com seu peso.

Essa análise de Nicolson sobre a política externa italiana, escrita em 1938, é tão lúcida na substância quanto elegante na forma. Certamente, ela capta alguns aspectos que ainda hoje não perderam a atualidade. Aliás, merecem reflexão, considerando o quanto as condições políticas da Itália mudaram desde então, sob a influência que deve ter exercido a diplomacia profissional em manter uma continuidade de conduta, poder-se-ia dizer de cultura, através de circunstâncias e regimes tão diferentes como os da Itália liberal, do fascismo e da democracia parlamentar pós-guerra.

A política externa italiana foi coerente na sua suposta incoerência, constante na sua comprovada inconstância. Embora discretamente redigido, o juízo de Nicolson com certeza é pouco lisonjeiro: o respeito do escritor inglês é endereçado à Alemanha, que baseia sua diplomacia na força, ou à França, que busca aliados permanentes e certos e tem inimigos com as mesmas características; para não falar da Inglaterra, cujos objetivos de equilíbrio continental permaneceram imutáveis desde a Guerra dos Trinta Anos. É uma visão de mundo racional e fundamentalmente estática: o autor volta à Itália algumas linhas mais adiante para fazer votos de que, "agora que se tornou uma grande potência", saiba se comportar como tal.

Juízos desse tipo circulam ainda em âmbito internacional, mesmo se a fidelidade de meio século à aliança com os Estados Unidos, de um lado, e a militância européia, de outro, tenham tolhido grande parte do seu valor à velha imputação de inconstância e volatilidade da política externa italiana. Mas, ao reler essa página, o que mais impressiona não é a substância do juízo, mas a convicção que a inspira: que, embora a diplomacia tenha uma importante função de diálogo, as relações entre Estados baseiam-se na força. Uma convicção que permeia ainda hoje a realidade internacional, mas que não podemos mais, como fazia Nicolson, considerar como adquirida. É realmente mais nobre basear a própria política na força que na diplomacia? No mundo pós-bipolar existem inimigos e aliados permanentes? É sábio buscar na Europa um equilíbrio de forças em vez da sua unidade? Percebemos que Nicolson e todos os que ainda hoje pensam como ele estavam, ao mesmo tempo, certos e errados, e que realismo e idealismo não são categorias absolutas, mas se entrecruzam e se sobrepõem.

Isso nos leva ao conceito de que a época em que vivemos é fundamentalmente uma época de transição, e que a comunidade internacional é desafiada por forças que vão em direções opostas e entre as quais a diplomacia busca, não sem dificuldade, encontrar um caminho: entre tendência à globalização e tendência à fragmentação, entre o antigo e não superado princípio da razão de Estado e a afirmação de uma ética superior aos próprios Estados, entre a exigência de proteger os interesses econômicos, tecnológicos, financeiros, sociais e ambientais de um país e, pelo contrário, a de negociá-los e, no limite, até mesmo sacrificá-los dentro de um âmbito multilateral e em nome de um interesse coletivo.

Numa época confusa é grande a tentação de simplificar. Também é grande, sobretudo na Europa e, diria eu, sobretudo na Itália, a tentação de interpretar a tendência para um processo de moralização geral das relações internacionais como um dado certo, absoluto e definitivo. Creio que não existe um mundo ideal em que todos os nossos principais valores possam se conciliar de forma ordenada. E menos ainda existe um mundo em que possam ser resumidos os valores em que acreditam todos os povos da terra. A paz e o direito dos povos à autodeterminação, a ordem internacional e a justiça social, o direito ao desenvolvimento e a preservação ambiental, a defesa das tradições e das culturas locais e as leis de mercado não apenas podem ser inconciliáveis entre si, mas não são mensuráveis e, portanto, não podem ser confrontadas para definir uma escala de prioridades. O que é mais importante? Garantir a paz nos Bálcãs ou permitir que os albaneses de Kosovo obtenham a independência? Impedir Saddam Hussein de dotar-se de armas de destruição em massa ou salvar as crianças iraquianas que morrem por falta de remédios em razão do embargo? Processar os líbios acusados pelo massacre de Lockerbie ou respeitar o direito de cada Estado de exercer a justiça segundo as próprias leis? Não pode haver uma resposta única para essas perguntas. E eu não saberia sequer imaginar um mundo em que alguém – pessoa, Estado ou órgão colegiado que seja – pense ter autoridade para solucionar cada um desses problemas.

Compreender a história, compreender o que acontece no mundo, significa conhecer antes de tudo os homens, saber o que cada comunidade humana fez e que modelo social se atribuiu, quais foram os seus objetivos, os seus ideais e os seus temores. Significa compreender e, portanto, respeitar a peculiaridade de cada sociedade humana e deixar que ela prospere, mesmo que possa parecer irracional ou incoerente, desde que não lese o direito de outra sociedade humana a fazer o mesmo. Essa obra de interpretação das diversidades do mundo, de ajuste dos interesses de cada um aos interesses do outro, de busca de convergência, de composição de contrastes; essa obra de análise e de persuasão, às vezes voltada para as pequenas coisas, às vezes para as grandes, é o trabalho dos diplomatas. Algumas vezes o fazem bem, outras – como diz Kissinger – o fazem mal. Mas não é no arco de uma geração e nem mesmo de duas ou de três gerações que essa função perderá o seu valor.

Bibliografia

VV.AA. *Diritti dell'uomo e società internazionale. Atti del 52º Corso di aggiornamento culturale dell'Università Cattolica (Bolzano, 29 agosto-3 settembre 1982)*, Milão, Vita e Pensiero, 1983.

ARMAO, Fabio & PARSI, Vittorio Emanuele. *Società internazionale: diplomazia multilaterale*, Milão, Jaca Book, 1996.

ATTINÀ, Fulvio. *Diplomazia e politica estera. Scienza politica e relazioni internazionali*, Milão, Angeli, 1979.

BONANATE, Luigi. *Etica e politica internazionale*, Turim, Einaudi, 1992.

BOSWORTH, Richard J. & ROMANO, Sergio (orgs.). *La politica estera italiana (1860-1985)*, Bolonha, Il Mulino, 1991.

DE SCHOUTHEETE, Philippe. *Une Europe pour tous*, Paris, Editions Odile Jacob,1997.

EBAN, Abba. *Diplomacy for the Next Century*, New Haven/ Londres, Yale University Press, 1998.

FRANCK, Thomas M. *Nation against Nation*, Nova York, Oxford University Press, 1985.

HENRIKSON, Alan K. *Diplomacy for the 21st Century. Recrafting the Old Guild*, Steyning, Wiston House, 1997.

HERZ, Martin F. (org.). *The Modern Ambassador*, Washington, Institute for the Study of Diplomacy, Georgetown University, 1973.

——— (org.). *The Role of Embassies in Promoting Business*, Washington, Institute for the Study of Diplomacy, Georgetown University, 1981.

HOLBROOKE, Richard. *To End a War*, Nova York, Random House, 1998.

KISSINGER, Henry A. *Diplomacy*, Nova York, Simon & Schuster, 1994 (trad. it. *L'arte della diplomazia*, Milão, Sperling & Kupfer, 1996).

MAYNES, C. William & WILLIAMSON, Richard S. (orgs.). *U.S. Foreign Policy and the United Nations System*, Nova York, W.W. Norton, 1996.

Mc GHEE, George C. (org.). *Diplomacy for the Future*, Londres/ Lanham, University Press of America, 1987.

NEWSOM, David D. *The Public Dimension of Foreign Policy*, Bloomington/ Indianapolis, Indiana University Press,1996.

NICOLSON, Harold. *Diplomacy*, 3ª ed., Oxford, Oxford University Press, 1963.

OLIVI, Bino. *L'Europa difficile*, 2ª ed., Bolonha, Il Mulino, 1998.

PANEBIANCO, Angelo. *Relazioni internazionali*, Milão, Jaca Book, 1992.

ROMANO, Sergio (org.). *Giornalismo italiano e vita internazionale*, Milão, Jaca Book, 1989.

SERRA, Enrico. *Manuale di storia delle relazioni internazionali e diplomazia*, Milão, SPAI, 1996.

——— (org.). *Gli ambasciatori italiani e la diplomazia oggi*, Milão, Angeli, 1986.

——— (org.). *Professione diplomático*, Milão, Angeli, vol. I, 1988; vol. II, 1991.

VARÉ, Daniele. *Il diplomatico sorridente 1900-1940*, Milão, Mondadori, 1941.

VARSORI, Antonio. *L'Italia nelle relazioni internazionali dal 1943 al 1992*, Roma/Bari, Laterza, 1998.

WATSON, Adam. *Diplomacy*, Londres, Eyre Methuen, 1982.

Cromosete
Gráfica e editora Ltda.
Impressão e acabamento
Rua Uhland, 307 - Vila Ema
03283-000 - São Paulo - SP
Tel/Fax: (011) 6104-1176
Email: adm@cromosete.com.br